Samar Yazbek

Née en 1970 à Jableh en Syrie, Samar Yazbek est écrivaine et journaliste. Après avoir étudié la littérature arabe à l'université, elle se lance dans l'écriture de romans, de nouvelles, d'articles et de scénarios. Militante depuis son plus jeune âge, elle se bat sans relâche pour les droits des hommes et des femmes dans son pays.

En France, elle a publié *Un parfum de cannelle* (Buchet-Chastel, 2013), *Feux croisés – Journal de la révolution syrienne* (Buchet-Chastel, 2012), *Les Portes du néant* (Stock, 2016) – lauréat du Prix du Meilleur Livre étranger –, *La Marcheuse* (Stock, 2018) et *19 femmes – Les Syriennes racontent* (Stock, 2019). Son nouveau roman, *La Demeure du vent*, a paru en 2023 chez le même éditeur. Ses livres sont traduits et primés dans le monde entier.

En 2012, elle a créé la fondation Women Now for Development qui vient en aide aux femmes sur le terrain, en Syrie et dans les camps de réfugiés. Elle vit désormais en France. En 2022, elle est choisie par la Royal Society of Literature (Royaume-Uni) dans le cadre de son programme pour écrivains internationaux, parmi douze autres, dont Anne Carson, Maryse Condé, Yôko Ogawa et Juan Gabriel Vásquez, rejoignant ainsi les douze lauréats inauguraux de 2021, dont Annie Ernaux, David Grossman, Amin Maalouf et Olga Tokarczuk.

LA DEMEURE
DU VENT

ÉGALEMENT CHEZ POCKET

19 FEMMES
LA DEMEURE DU VENT

SAMAR YAZBEK

LA DEMEURE DU VENT

Traduit de l'arabe (Syrie)
par Ola Mehanna et Khaled Osman

Stock
la cosmopolite

Titre original :
MAQÂM AL-RIH

ISBN : 978-2-266-33806-6
Dépôt légal : janvier 2024

1

Une toute petite feuille, si petite que ses cils visqueux l'empêchent de la voir dans l'éclat du soleil de midi.

Une petite feuille d'arbre, rien de plus. Une feuille d'arbre verte, nervurée, qui lui voile les yeux comme de la gaze lorsque lentement, péniblement, il remue les paupières. Une feuille d'arbre qui adhère à ses longs cils collés par la boue. Une feuille d'arbre qui l'empêche de voir distinctement, surtout avec ces grains de poussière qui nagent dans le liquide de ses yeux, lui causant irritation et douleur. S'il parvenait à reprendre le contrôle de ses paupières pour ouvrir les yeux, la feuille tomberait dans son œil gauche.

Le monde entier se ramène à cette feuille. Il n'y a pas un bruit, pas une odeur. Quant à son autre œil, il ne le sent pas. Est-il seulement capable de voir ? Peut-être. Mais a-t-il même un corps ? Et si oui, pourquoi n'en a-t-il aucune sensation ? La conscience qu'il a de son corps ne va pas au-delà de ce vague halo de lumière hachuré de bandes noires. Peu importe qu'il s'agisse de ses cils ou de ses cauchemars, de toute façon c'est comme une chape d'obscurité qui l'enferme en lui-même. Il chute dans l'inconnu d'un gouffre profond où la gravité n'a plus cours, tout juste perçoit-il le balancement de sa tête dans le vide. Seraient-ils en train de le descendre au fond d'une tombe ? S'agit-il de son enterrement ? Et cette tête, est-ce bien la sienne ?

La feuille a fini par glisser, dégageant sa vision et lui révélant la présence d'un œil : son œil, suspendu dans l'air pour observer la descente d'un corps au fond d'une tombe. Le corps en question, enfermé dans un cercueil, lui est invisible, mais il est certain que c'est le sien. La fosse n'est pas assez profonde pour qu'il soit effrayé par la chute, mais suffisamment pour permettre la décomposition du cadavre une fois recouvert de terre.

Un œil unique, donc.

Faisant cercle autour de la fosse, une troupe de fantômes humains. Il savoure la sensation d'être suspendu dans le vide, et aperçoit les racines des herbes délicates entremêlées aux différentes couches de terre, des racines blanchâtres, tantôt fines, tantôt épaisses, écrasées par les pelles en action. Il hume, depuis l'extrémité des racines, la senteur de l'aube, et remarque des chenilles chutant sur les bords du cercueil. Il se rappelle leur texture gluante lorsqu'il les saisissait entre ses doigts… Où donc cela se passait-il ? À quel moment de sa vie a-t-il fait collection de chenilles, qu'il alignait sur un large rocher avant d'organiser entre elles une course ? Il ne sait plus, mais cette image des larves se tortillant, qui se présente à son esprit tandis qu'il poursuit sa descente, le rassure un peu.

À cet instant, le panorama s'élargit pour englober le cimetière mitoyen du *maqam*[1], avec son arbre géant. C'est donc ici qu'il est. Mais que désigne cet « ici » ? Cela confirme qu'il est bien lui-même et non un autre, il ne s'est pas dissocié de sa présence au monde, et dispose de toute sa capacité d'observation. Il se perçoit comme un œil doté d'une vision acérée.

Il remarque les femmes qui se sont rassemblées dans le cimetière derrière les hommes, leurs têtes ceintes de coiffes blanches. L'une d'elles se détache du groupe et, faisant glisser son fichu blanc au bas de sa tête, s'avance en direction des hommes. Arrivée parmi eux, elle les bouscule et pousse des cris.

Sa mère. Comment a-t-il su que c'était elle, alors que ses traits sont brouillés ? Ainsi donc, il aurait une famille ? Mais l'information ne lui arrache aucune émotion. Il est comme un oiseau qui plane, les toisant depuis les airs, sans vraiment être un oiseau puisqu'il est un œil. Un œil unique, pas même une paire d'yeux ! Un œil capable de voir en trois dimensions. L'œil qu'il est plane au-dessus du cimetière du village – son village – et se voit en train d'être descendu au fond de la fosse.

Il entend des sanglots et distingue la silhouette floue d'une femme. Il devine, à la façon qu'elle a de se déplacer – cette démarche burlesque qui lui est si familière – et à ses contorsions, qu'il s'agit de sa mère. Il perçoit des youyous et des gémissements, des rafales de balles et des chuchotements, bruits qu'il était

1. Sanctuaire réputé pour abriter la dépouille d'un saint et dédié à sa vénération. *(Toutes les notes sont des traducteurs.)*

accoutumé à entendre lors des enterrements. Cependant ce ne sont pas les lamentations et les pleurs habituels, ni le spectacle coutumier des femmes en train de se fustiger et de s'arracher les vêtements.

Il se fait la réflexion que cette scène ne lui est pas inconnue, qu'il y a déjà assisté dans un passé indéterminé, avec cette différence que les hurlements et le tumulte qui ont éclaté par la suite étaient d'une autre nature. Voici son père, et puis sa sœur enceinte qui porte le deuil de son mari. Mais sa vision est floue, car il flotte dans les hauteurs bien au-dessus d'eux, sans pouvoir se poser au sol : il est un œil suspendu dans les airs, qui chercherait vainement à perdre de l'altitude pour déterminer s'il s'agit de son propre enterrement ou de celui de son frère.

Il ne peut s'approcher plus près pour voir quelle est cette tombe, entravé qu'il est par des cordes invisibles qui le retiennent en hauteur, tandis qu'au-dessous de lui les familles endeuillées prennent part aux funérailles avant de se disperser. Leurs lèvres remuent mais lui n'entend aucun son, il voudrait crier, leur dire qu'il est là, qu'il n'est pas mort, plus encore qu'il refuse de mourir ! Il voudrait leur crier que le corps qu'ils ont fait descendre dans la fosse doit être celui de quelque monstre, ou simplement celui d'un inconnu qui n'est pas lui, mais personne ne l'écoute.

Pas de doute, cet enterrement lui est familier. Mais il n'arrive pas à identifier, pour sa plus grande frustration, si le défunt est son frère ou lui-même. Jetant un regard à la ronde, il aperçoit d'autres yeux entravés par des cordes invisibles qui les maintiennent dans le ciel, des yeux qui scrutent les nombreuses tombes dispersées dans les montagnes dominant la mer. L'espace d'un instant, il se sent étranglé, mais se rebelle presque aussitôt contre cette idée absurde : comment un œil pourrait-il être étranglé ?

Il est réduit à un simple œil observant cette fosse. Il parvient enfin à entendre la mélopée de sa mère. Oui, c'est sa voix ! Celle-ci forme tantôt un chant, tantôt un gémissement aigu. Il voit bien qu'elle crie, qu'elle hurle son nom mais cela, il ne l'entend pas. La voix s'étouffe dès que sa mère ouvre la bouche pour appeler son fils. Elle lève les yeux vers le ciel, comme si elle savait qu'il l'observe.

Si sa mère le cherche désespérément ainsi, c'est sans doute qu'il est mort, et que ce qu'il voit planer dans le ciel est son âme. Il tente de siffler, nul doute qu'elle le reconnaîtra à son sifflement, mais il n'est qu'un œil, plus même apte à siffler tel un colibri comme il en avait l'habitude autrefois. Il distingue clairement le drapeau tricolore – rouge, blanc et noir – avec au milieu les deux étoiles, mais la couleur de celles-ci lui échappe.

Il voit les mains de sa mère agripper le cercueil, en faire glisser le drapeau qui l'enveloppe, ses doigts fendillés par l'âge s'agrandissent jusqu'à occuper tout son champ de vision, ils se fichent dans le bois du cercueil tels des clous. Puis les couleurs et les sons s'effacent, et il n'y a plus que le corps de sa mère enlaçant le cercueil.

À un moment – le moment précis où il a bougé la paupière et aperçu la feuille d'arbre –, il a compris que ce n'était pas lui le mort, car il a eu la révélation que cet enterrement était celui de son frère, que les scènes auxquelles il venait d'assister et le corps qu'il a vu descendre au fond de la fosse concernaient un autre que lui.

À présent, il ouvre l'autre œil ayant recouvré l'usage de la vue : la feuille d'arbre s'est inclinée et a glissé sur son visage, dégageant son horizon. Il constate que sa tête est intacte et toujours reliée au reste de son corps, du moins la partie qu'il devine sans la voir puisqu'elle est couverte de feuilles.

Il parvient à remuer de nouveau la tête et à distinguer l'arbre. C'est un arbre massif mais situé à bonne distance, suffisamment réel toutefois pour qu'il ne s'agisse pas d'une illusion. Non, ce n'est ni un rêve ni un cauchemar. Ses pupilles s'écarquillent pour mieux voir, et soudain il a une illumination : il est bien vivant, et il était ici peu avant. Certes il ne sait pas exactement à quoi correspond ce « peu avant », mais il était bel et bien ici ! Le ciel est au-dessus de lui, et des feuilles d'un cendré jaunâtre, en voie de décomposition, le couvrent de toutes parts. Seule l'une d'elles est verte – celle qui lui masque l'œil gauche.

Aucun bruit ne vient percer le silence. C'est le moment où il comprend qu'il est incapable de bouger. Une odeur de brûlé familière arrive à ses narines. Pour la première fois, il retrouve la sensation de ses mains, et capte le bruissement des feuilles qui tremblent et se déchirent. Il essaie d'imprimer à son corps une impulsion. Oh, c'est un mouvement bien faible, mais qui lui suffit cependant à découvrir qu'il a toujours l'usage de son autre œil.

À un observateur posté très haut dans le ciel, le décor apparaîtrait comme un amoncellement de feuilles et de branches ne laissant émerger que deux yeux à demi masqués par le sang et la boue. Seul leur blanc suggérerait la présence d'un corps humain dans le dépouillement sauvage de cette crête montagneuse surmontée d'un arbre massif.

Cette révélation est entièrement nouvelle : jusqu'ici il ne savait rien de tout cela, il ignorait qu'il était enfoui sous les feuilles, la terre et les branchages. Tout ce dont il avait conscience, c'était de respirer, d'avoir deux yeux et deux oreilles, ainsi qu'un cœur dont il entendait les battements.

Un profond soupir lui secoue la cage thoracique. De nouveau, il entend le grattement.

Il a conscience d'être étendu au sol, néanmoins il ne sent pas ses pieds, et il y a comme un pic de feu qui lui laboure le dos, à moins que ce soit un pic de glace, en tout cas la sensation est celle d'une brûlure. Cette force dont il ignore la nature précise le tient plaqué au sol comme si on l'avait coulé à partir du milieu du tronc dans une fosse de ciment, sans qu'il puisse se soulever pour inspecter son corps. Tout juste a-t-il conscience d'être vivant.

Il est troublé par la présence de l'arbre. Peut-être est-ce celui de leur sanctuaire au village, à moins que ce soit celui de leur maison ? Peut-être après tout est-ce lui qu'on a fait descendre au fond de la fosse. Il n'est pas encore libéré de ses démons, malgré le flash qui l'a convaincu qu'il s'agissait de l'enterrement de son frère. En tout cas, c'est bien son arbre familier, qu'il a appris à connaître depuis l'enfance.

Il se souvient, au bout d'une heure passée à transpirer et à scruter le soleil qui entame sa montée dans le ciel, que l'arbre était situé précisément à cet endroit, sur la ligne de front où il s'est retrouvé, armé de son fusil et accompagné des camarades de son unité de combat. Il a d'ailleurs passé un long moment à le contempler avec émerveillement.

Il se décide à bouger, non sans avoir savouré un instant la sensation de sombrer dans le vertige douceureux du gouffre. En essayant d'imprimer à son corps une nouvelle impulsion, il s'aperçoit qu'il ne peut plus accomplir le moindre mouvement. De surcroît, il est épouvanté par ce silence au milieu duquel les battements de son cœur font un tintamarre à lui crever les tympans. Qu'est-ce qui a provoqué un silence pareil ? Pourquoi les oiseaux et les arbres ne chantent-ils plus ? Car oui, chaque arbre se doit d'avoir son propre chant et d'accueillir ceux de ses compagnons oiseaux. Qui donc lui avait dit cette phrase ?

Il remarque une fumée dense s'échappant sur l'un des côtés de l'arbre ; en laissant son regard glisser de l'autre côté, il distingue un brasier. Quelque chose brûle, toujours cette odeur de chair grillée. Il ferme les yeux. C'est le soleil enflammé de la mi-journée, dont le feu est à peine atténué par la brise de montagne.

Les gouttes de sueur coulent en abondance sur son front, inondant ses paupières et noyant ses yeux, de sorte que sa vue reste brouillée pendant de longues minutes. L'idée lui vient de respirer profondément, afin d'éprouver les muscles de son ventre et de s'encourager à bouger. Sa poitrine remue au gré de son souffle, soulevant à chaque fois le tas de feuilles. Il parvient à sortir quelque peu de son immobilité, et même à faire pivoter très lentement le haut de son corps. Dans ce mouvement, la force d'inertie l'entraîne de manière inattendue et il est pris de frayeur : et s'il basculait au fond de l'abîme, dont le bord, il le sait, n'est pas si éloigné ! Il décide toutefois de chasser cette pensée, mû par une énergie formidable puisée au fond de lui-même, c'est elle qui commande son corps.

Tout ce qu'il a gagné avec cette manœuvre, c'est qu'il est désormais tourné sur le flanc, face à l'arbre, et que les feuilles et les branchages ont glissé de son thorax. La douleur aiguë qui le traverse à cet instant lui redonne un sursaut d'espoir : si elle peut le faire souffrir ainsi, c'est qu'il a toujours son corps entier, elle en dessine le contour en circulant de la tête aux orteils.

Tournant la tête en direction de l'arbre, il entend un grattement, et puis le bruit de branches sèches qui se brisent, après quoi le silence retombe. Une image surgit à son esprit : celle des corps, le sien et ceux des autres soldats, projetés dans les airs à la suite de l'explosion de la bombe.

Avant de perdre à nouveau conscience il a le temps d'entendre la voix enrouée de sa mère qui l'appelle : « Ohé, Ali ! » C'est précisément le moment où il se rend compte, d'une manière qui ne souffre aucune équivoque, que la petite feuille d'arbre de tout à l'heure est une feuille de chêne.

2

Il sent sur lui un poids écrasant qui est à deux doigts de le faire sombrer dans un gouffre de ténèbres, lorsque la voix l'extirpe soudain de sa léthargie en scandant son nom. Répondant à l'appel, il lève la tête, et entend un sifflement aigu retentir à son oreille.

Le ciel est bleu, traversé de nuages rares et très hauts, qui défilent un par un au-dessus de ses yeux. Ils sont proches et lointains à la fois, différents du cortège de nuages qu'il a aperçu quelques jours plus tôt et qui a parcouru le ciel à toute vitesse. Ils étaient cinq soldats, mais lui seul connaissait les états d'âme des nuages et leurs sautes d'humeur, comment ils pouvaient tantôt le trahir, tantôt le couvrir d'affection en humectant son souffle d'une fraîcheur bienfaisante. Ils étaient son décor de jeu sur la terrasse de la maison, et ses compagnons de randonnée le long des chemins de montagne escarpés.

Les nuages des jours précédents l'ont enveloppé comme un drap avant d'humidifier ses paupières. Il a tendu la main et les a attrapés ; d'ailleurs il pouvait sentir ses doigts s'allonger à leur mesure, tels des bourgeons s'ouvrant et se transformant en branches s'apprêtant à recouvrir le sommet des montagnes. Il prenait plaisir à lover sa tête entre eux et à se rouler dans leur blancheur comme quelqu'un qui se baignerait dans l'ondée, puis à y frotter son visage, ce qu'il faisait naguère avec les flocons de neige, y plongeant les mains, sans toutefois rapporter autre chose que du vide. Il en souriait intérieurement, visualisant dans son esprit la blancheur de son sourire ; il s'abandonnait à l'euphorie, se laissant griser par elle malgré les mises en garde de ses camarades soldats.

Au fond, il se moquait bien de leur avis, c'était lui l'expert en matière de nuages, et il avait la conviction que ceux-ci ne le trahiraient jamais. Il s'était tenu devant ses camarades au moment où les flocons blancs les recouvraient, et s'était employé à mastiquer le vide et à s'en remplir la bouche avec la certitude qu'une douce fraîcheur pénétrerait sa gorge. Après cela, il était sûr de jouir d'un sommeil paisible, comme naguère lors des nuits froides passées dans sa cabane ou bien sur la terrasse de la maison.

Hélas, pour l'heure, il n'est ni perché sur sa terrasse ni abrité dans sa cabane, mais perdu sur cette crête de montagne étrangement dénudée, où il n'y a rien excepté cet arbre géant et ces sacs de sable militaires ; elle lui évoque un crâne chauve.

Les nuages ici ne ressemblent pas à ceux de son village. Ceux-là, il les connaissait bien et avait pris l'habitude de les voir s'élever du fond de la vallée vers les hauteurs, en suivant un parcours sinueux. Il les voyait arriver comme un épais fleuve blanc, recouvrant le monde alentour avant de l'envelopper et de lui masquer les yeux tel un bandeau. Tous les villageois vivaient ainsi au milieu de la brume : c'était leur environnement familier dans lequel ils avaient pris l'habitude de se fondre. Mais Ali avait tout de même droit à sa propre cohorte de nuages, la seule à se transformer en une longue traîne qui remuait et dansait sous les regards, semblable à la queue d'un renard de forêt. Il se postait tout en haut de sa cabane pour la suivre des yeux jusqu'à sa disparition, après quoi il pouvait de nouveau distinguer la vallée et les cimes environnantes. Ce qu'elles pouvaient paraître étincelantes et nettes une fois la nuée blanche dissipée ! Ce spectacle le mettait en joie, tout comme la perspective de voir la traîne s'enrouler sur elle-même, puis, montant de la vallée, grimper jusqu'à la terrasse où il l'attendait, emmitouflé dans la couverture de sa mère.

Et puis il y avait ses mondes à lui, des univers singuliers et accessibles à nul autre ; par exemple il pouvait se tenir des heures durant sur une branche d'arbre, les jambes repliées comme les pattes d'un héron, posant ses yeux écarquillés sur toute cette étendue en répétant d'une voix sonore : « Oh la la, malheur de malheur ! »

Dans ces moments-là, il arrivait que la couche de nuages cendrés soit soudain transpercée par l'irruption de colonnes lumineuses qui occupaient tout l'horizon entre le ciel et la terre, telles des cordes de lumière géantes ! Il baissait la tête pour mieux distinguer les nuages, qui se succédaient à un rythme soutenu, et suivre leur mouvement, voguant au milieu d'eux en compagnie des colonnes de lumière.

Lorsque les nuages gris commençaient à refluer, laissant passer des trouées de lumière, il découvrait, émerveillé, tout un éventail de couleurs enchevêtrées : blanc, gris, bleu, noir, jaune… ; des couleurs qui ondoyaient et s'enlaçaient, dessinant de multiples figures engagées dans un ballet ininterrompu. Sur le moment, il aurait pu affirmer que c'était ça, le paradis ! Il était subjugué par les couleurs… Par la suite, ces figures originales se remodelaient pour composer d'étranges créatures. L'une d'elles par exemple arborait un visage de femme sur un corps d'arbre dont les branches se terminaient par des pieds miniatures, une autre se présentait comme un arbre pourvu de sabots de vache, avec des membres supérieurs formés de centaines de papillons, une troisième exhibait une tête d'oiseau surmontée de cornes de bouc, sur un corps équipé de deux ailes en branchage et de deux pieds humains.

Les nuages, après avoir défilé dans tout leur apparat, s'effilochaient sous ses yeux, se dispersant en minuscules flocons aussi doux et friables que de la poudre. Il restait debout à les surveiller jusqu'à leur disparition complète, puis sentait s'ouvrir en lui un abîme sans fond, comme un gouffre vertigineux. Il ignorait si ce gouffre était creusé par la joie, la frayeur ou la stupéfaction – à moins qu'il ne s'agisse de tout autre chose, mais quoi ?

Il redescendait de sa branche et se mettait à marcher en titubant, ébloui par la lumière. On aurait dit qu'il faisait lui-même partie de cette traîne sur le point de s'effilocher. Sa tête était saturée d'une matière dense dont il ignorait la nature – ne sachant pas encore qu'elle était faite de ténèbres. L'expérience de ces moments lui avait appris que tout ce qui l'entourait était voué à refluer et disparaître, à l'instar de ces nuages géants.

Ce reflux, il le ressentait en son for intérieur, et l'interprétait comme une manœuvre des nuages pour l'obliger à leur ressembler.

Pour l'heure, les nuages s'éloignent, ce ne sont pas eux qui le sauveront. Ils poursuivent leur route avant de s'effacer, le laissant seul – si l'un d'eux pouvait passer lui rendre visite ! Mais tout ressemble désormais à l'un de ces rêves d'été vite oubliés.

L'éclat du soleil l'oblige à garder les paupières closes. Lorsque tout à l'heure il parviendra, au prix d'un effort terrible, à entrouvrir les yeux, la lumière le surprendra par son intensité, et le silence ne sera troublé que par un sifflement ininterrompu. Il lèvera la tête, détournera son regard du ciel pour le porter vers l'arbre, entendra son nom être prononcé, tranchant sur le sifflement ambiant. Il soulèvera légèrement le torse, puis tendra le cou, s'ébrouant pour débarrasser son corps des feuilles, de la terre et de la boue. Ensuite, la voix reviendra, cette fois bien reconnaissable à son timbre perpétuellement enroué – la voix de sa mère !

Il se rend compte qu'il a oublié comment s'appelle sa mère – le prénom par lequel il l'appelait. Il tourne la tête d'un geste lourd, peut-être va-t-il la découvrir quelque part à ses côtés.

Il se mord la langue afin de s'assurer que ses sensations sont réelles ; la douleur le surprend, et il perçoit un goût salé dans sa bouche.

« Ohé, Ali ! »

La voix est revenue, cette fois plus distincte. Il se souvient d'elle, là-bas, marchant en compagnie d'un groupe de femmes qui défilaient dans leurs pèlerines noires à la suite des hommes. Il avait les yeux rivés sur elle, guettant le moment où elle allait trébucher ou tomber, rattrapée par les autres voisines qui s'empressaient de l'aider tout en poursuivant leurs lamentations. Les villageois formaient une longue procession, tous marchaient avec solennité et confiance, avec en tête de cortège les hommes portant le cercueil.

Il revoit la scène avec une netteté limpide : lui, traînant à sa suite le corps fragile et usé de sa mère, se laissant distancer par le groupe des hommes, là-bas, devant. C'étaient leurs secondes funérailles après celles du mari de sa sœur, qui remontaient à un mois et dont il ne se souvient pas distinctement. En revanche il a parfaitement en mémoire l'enterrement dont il vient d'avoir une réminiscence claire, et qui n'était assurément pas un rêve : celui de son frère. Oui, les images qu'il a vues sont celles de cet enterrement-là !

Quant à lui, il est bel et bien en vie, et les lumières qui l'éblouissent lorsqu'il ouvre les yeux sont des lumières réelles. Ainsi donc, il est toujours présent au monde, il n'est pas mort ! Absolument, il est plus vivant que jamais, et ces images des habitants du village massés devant le nouveau cimetière, il les a vues pour de bon.

Depuis quelques années, le pays s'était couvert de nouvelles formes de tombeaux, certains bien visibles, d'autres plus dissimulés. Certains, de taille réduite, étaient conçus pour enterrer uniquement des fragments de cadavres humains démembrés, d'autres, au contraire très grands, faisaient office de fosses géantes pouvant accueillir des centaines de dépouilles. Dans leur village, on avait exhumé une sépulture de pierre vieille de plusieurs millénaires.

Avant cela, les villageois enterraient leurs morts près de leurs maisons, chacune avait ses tombes attenantes ; ils vivaient ainsi aux côtés de leurs défunts sur le petit lopin de terre que leur autorisait la déclivité de la montagne. C'est d'ailleurs sur cette colline à la pente effroyablement abrupte qu'étaient enterrés, selon la rumeur, trois des rebelles qui avaient combattu les Français.

Une trentaine d'années auparavant, le versant opposé à celui de leur maison avait vu apparaître un grand château protégé d'une haute muraille. Là-bas se trouvait un tombeau d'un genre différent, que le propriétaire des lieux, un certain Abou'l-Zein[1], officier de haut rang dans l'armée, avait aménagé pour y enterrer son père, avant de proclamer via ses hommes que ce serait le sanctuaire du village. Les habitants jasaient sur la manière dont le maître du château s'y était pris pour fonder à son compte un nouveau sanctuaire mais à vrai dire, l'histoire était considérée sans grande importance puisqu'il était rarissime que quiconque s'y rende en quête de bénédiction.

Cette histoire ne le préoccupe pas maintenant qu'il connaît son nom et a retrouvé l'image de sa mère et des funérailles. Elle le préoccupe d'autant moins qu'il ne sait presque rien au sujet du maître de ce château, sinon qu'il voulait faire de son père un saint parmi les saints bénis de Dieu.

Il avait bien remarqué que certains villageois prenaient un ton sarcastique lorsqu'ils évoquaient cette

1. Littéralement « le père d'Al-Zein », manière habituelle de désigner les personnes d'un certain âge par référence à leur fils aîné.

affaire, mais d'autres se chargeaient de propager les faits et gestes du défunt, les prétendues bonnes actions qu'il aurait accomplies, de sorte que son statut ne cessait de s'approcher de celui dévolu aux saints.

Ce que savait Ali, pour sa part, c'est que son frère était allé solliciter ledit Abou'l-Zein à Damas, et que ce dernier l'avait aidé à rejoindre l'armée en tant que volontaire. Il savait que c'était ce même officier haut gradé qui, alors qu'il ne possédait pas un empan du village, s'était retrouvé du jour au lendemain à en posséder la majorité des terres. Mais cela non plus n'importait guère à Ali, et pas davantage au maître du château. Ce dernier avait abandonné son village un demi-siècle auparavant pour s'installer à Damas, et en était revenu rabaissé au statut de membre de l'« ancienne garde » – ceux qui avaient été démis de leurs fonctions au bénéfice de la « nouvelle garde ». Beaucoup des villageois savaient que la gestion de l'ancienne garde était la prérogative du président père, et ne relevait en rien du président fils !

Cet officier, dont il se racontait qu'il était outré de la façon dont on avait mis fin à sa fonction dans les services secrets, n'était pas présent avec eux à l'enterrement. Il y avait dépêché son fils Al-Zein, qu'Ali rencontrait pour la première fois.

La scène l'avait marqué. Il revoyait encore son père dévisageant ledit Al-Zein – car oui c'est ainsi qu'il fallait l'appeler, « Al-Zein[1] », sans omettre l'article défini. Sa mère suivait à distance avec les autres femmes. Ali lui jetait des regards à la dérobée, tout en marchant

1. Forme emphatique du prénom Zein, signifiant « Le Beau ».

encore et encore, puisqu'il y avait un trajet interminable à parcourir jusqu'au cimetière des Martyrs. C'était le nouveau cimetière établi pour accueillir les soldats tués à la guerre, car le cimetière initial du village était déjà saturé des dépouilles de leurs jeunes, et ne comptait plus un seul empan libre. Ce phénomène n'était d'ailleurs pas propre à leur village, mais généralisé à tous ceux des montagnes et des plaines proches de la mer. Dans chaque village étaient donc apparues des parcelles mortuaires, qui toutes étaient désignées par cette même dénomination, « cimetière des Martyrs ».

En ce jour hivernal et pluvieux, la procession se rendit donc au cimetière des Martyrs, gravissant le chemin nord qui se terminait par une vaste esplanade funéraire, en vis-à-vis du village sur le versant opposé. L'esplanade avait été aménagée sur le terrain d'un des paysans du coin, dont le fils était devenu haut fonctionnaire du gouvernement – pas seulement son fils, mais aussi ses petits-fils. Les membres de cette famille ne sortaient jamais en public autrement que dans leurs luxueuses voitures aux vitres teintées. Le fils du haut fonctionnaire était connu des villageois comme un responsable sécuritaire. Il avait déserté le village de longues années auparavant, avant d'y revenir déjà âgé après le déclenchement de la guerre et de faire don du terrain sur lequel serait établi le cimetière des Martyrs.

Lui et ses fils avaient rallié les milices, qui s'étaient dernièrement multipliées de manière assez énigmatique dans les montagnes et les plaines. Ni lui ni ses fils n'étaient présents à l'enterrement, car tous étaient occupés à mettre en place des *checkpoints* entre les villages, à arrêter les véhicules, à arrêter les gens… et beaucoup d'autres activités « connues de Dieu seul », selon l'expression qu'avait utilisée un de leurs voisins.

Le village entier sortit défiler derrière le cercueil. Comme lors des processions nuptiales, les youyous des femmes alternaient avec les coups de feu tirés par les hommes. Le commandant d'unité de son frère prononça un discours en hommage au « martyr de la patrie », comme il l'appelait, sans toutefois les autoriser à le voir. D'après la rumeur, si on ne permettait pas aux familles de voir les corps, c'est parce qu'ils étaient défigurés et mutilés ; on ne montrait donc que l'extérieur du cercueil, vraisemblablement rempli de sable et du peu qui restait des dépouilles.

En temps normal, le cercueil était transporté de l'hôpital jusqu'au domicile du martyr et, de là, jusqu'au sanctuaire. On pensait que le passage par la maison était nécessaire aux âmes des défunts afin qu'elles sachent y revenir après avoir accompagné le corps à son enterrement. Ce jour-là, cependant, ils emportèrent le cercueil de son frère directement au cimetière, preuve pour les villageois que sa dépouille se réduisait à quelques lambeaux déchiquetés – d'où l'ordre donné par le commandant de procéder directement à l'inhumation.

Sa mère paraissait épuisée. Elle se releva et suivit des yeux le cercueil qui avançait sur les épaules des jeunes gens du village. Elle supplia désespérément qu'on la laisse jeter un dernier regard à son fils en guise d'adieu, mais les hommes secouèrent la tête d'un air réprobateur, demandant bruyamment pardon à Dieu sans se soucier de lui répondre. Quant aux femmes, elles se contentaient de lui tapoter l'épaule et de pousser des youyous et des lamentations.

Sa sœur – qui avait déjà emprunté ce même chemin un mois plus tôt lorsque, à vingt-cinq ans à peine, elle était devenue veuve – brandissait la photo de son frère d'une main et tenait son fils de l'autre. Elle marchait d'un pas volontaire et déterminé au côté de sa cadette. Tous les membres de la famille s'étaient mêlés au cortège pour défiler derrière le cercueil. Il leur arrivait de se perdre de vue, auquel cas ils tournaient sur eux-mêmes pour se chercher des yeux d'un air craintif.

Ali se sentait comme eux, perdu. L'espace d'un instant, alors qu'il surveillait le cercueil, il avait oublié tout ce qui l'entourait, aussi bien le visage du défunt que les innombrables yeux baignés de larmes autour de lui.

Il se souvient de l'emportement d'un des hommes d'Al-Zein contre une villageoise. En l'entendant pousser des cris de lamentation, il l'avait sommée d'entonner au contraire un youyou car ces funérailles étaient une noce pour la patrie. Il a vu la femme retourner à son interlocuteur un regard effrayé ; elle s'était ressaisie tant bien que mal et avait essuyé ses larmes, avant de se lancer docilement dans un youyou interminable. Celui-ci a retenti au moment même où sa mère poussait un hurlement de désespoir : « Tu m'as laissé pour partir où, prunelle de mes yeux ? »

Il se rappelle distinctement avoir marché derrière le cercueil, dans le sillage de l'imam du village qui l'avait pris par la main. Ensuite ils sont entrés dans le cimetière, et il a vu la fosse. Ce n'était pas un rêve, donc ! La configuration des lieux était la même, les mêmes couches de terre, les mêmes couleurs, les mêmes chenilles au milieu des fleurs. Ils faisaient descendre le cercueil au fond de la tombe. De part et d'autre, se trouvaient un platane et un chêne, et le cimetière était clôturé de murs faits de pierres soigneusement assemblées. Autour de lui, il voyait les nombreuses tombes qui crevassaient désormais le village. À l'époque de l'enterrement de son beau-frère, il n'y avait pas eu autant de fosses criblant la terre.

L'essentiel, c'est qu'il a vu la tombe depuis l'extérieur, et cela lui confirme une fois encore que ce n'est pas lui le mort.

Plus tard, une femme rousse fit son apparition au milieu des hommes. En se remémorant la scène, il a l'impression de la connaître mais pour l'heure, il ne parvient pas à préciser son souvenir. Les traits de son visage sont encore flous, mais sa chevelure rousse en bataille et sa longue pèlerine résonnent indubitablement dans sa mémoire.

Elle essaya de se glisser près d'Al-Zein, cet homme qu'Ali n'aurait jamais imaginé voir un jour d'aussi près, ni *a fortiori* lui adresser la parole. Pourtant il était là, en face de lui, avec ses hommes armés de fusils alors qu'ils n'étaient pas des soldats. En arrivant au cimetière, tous avaient entrepris de tirer des salves en direction du ciel, et Ali s'était mis à trembler.

Tout cela s'est passé il y a un an peut-être, il ne se rappelle pas exactement. Il sait que c'était après leur retour, à lui et à son père, des travaux agricoles dans les plaines. Ils avaient trouvé toute la maisonnée en pleurs, et on les avait informés que son frère n'était plus de ce monde. Cela lui causa une forte migraine. Et des migraines, il en eut bien d'autres les jours suivants, lorsque leur maison de deux pièces se transforma en refuge pour les voisins. Ceux-ci défilaient les uns après les autres, ils venaient de partout en apportant à boire et à manger, avant de s'engager dans des lamentations interminables. Chacun avait une histoire à raconter sur un fils qu'il avait perdu. Sa mère lançait des regards hébétés à la ronde. Pendant toute la durée des funérailles, il garda les yeux braqués sur elle, qui essayait de doubler les hommes pour atteindre le cercueil, sans y arriver. Quant à la femme aux cheveux roux, l'un, des hommes d'Al-Zein la saisit, et la chassa du groupe massé autour de la tombe.

Son père passait la main sur le cercueil emmailloté dans le drapeau de la nation, un beau drapeau brillant aux bords brodés de fils d'or entre lesquels les doigts paternels ne cessaient d'aller et venir. Tandis que sa mère cherchait à se frayer un chemin, une femme l'interpella : « Allez, Nahla, pleure, pleure donc ! »

Ainsi donc, le prénom de sa mère est Nahla, cela lui revient à présent, tandis qu'il est étendu sous le soleil intense de la mi-journée. Celle dont le nom lui est revenu en mémoire ne pleura pas, contrairement à la femme rousse, qui s'effondra par terre. Sur le moment il s'était retourné pour l'observer.

En revoyant la scène depuis sa position actuelle, allongé devant l'arbre, il la reconnaît enfin : « la Rouquine ».

Son corps tressaille au milieu des feuillages. Il entend un grattement, et il a une vision de la fosse dans son entièreté, nouvel indice que ce n'est pas lui le mort. Il se souvient que lorsque la Rouquine s'était approchée de la tombe, c'était pour toucher le cercueil, conformément au serment qu'elle avait prêté devant tout le village de faire adieu à ses jeunes en partance pour la poussière.

À chaque tentative, ils la tiraient de force pour l'expulser du cimetière, la couvrant de malédictions et d'injures et lui répétant qu'elle avait interdiction de s'approcher des hommes pendant qu'ils procédaient à la mise en terre d'un défunt mâle : « Alors c'est comme ça ? C'est pas possible de se mêler aux gars pendant qu'y z'enterrent d'autres gars… Ah bon ! »

La Rouquine les singea en répétant leur phrase d'une voix contrefaite, avant de la ponctuer d'un crachat. Elle se fichait bien de leur réaction. Après avoir été chassée du groupe, elle attrapa la mère d'Ali par un pan de sa pèlerine et la traîna à sa suite, esquivant les bras des autres femmes qui essayaient de la retenir.

Les hommes se pressaient en rangs compacts, coude à coude, pour écouter l'imam du village lire la Fatiha à la mémoire du frère d'Ali. Le défunt était certes issu du même village qu'eux, mais ils en savaient finalement assez peu sur son compte, excepté ceux qui l'avaient connu du temps où il travaillait comme journalier sur leurs terres, avant qu'il se porte volontaire dans l'armée.

Quoi qu'il en soit, c'était un devoir de se rendre à son enterrement malgré le temps pluvieux et froid. On ne pouvait pas se défiler, car tous étaient sous le coup d'une catastrophe commune, et ils savaient bien que, tôt ou tard, ce serait leur tour de perdre leurs fils. Certains s'étaient souvenus que le défunt et sa famille faisaient partie de ces journaliers qui d'ordinaire leur étaient invisibles. S'il n'y avait pas eu les distributions de denrées lors de leurs fêtes religieuses où ils faisaient don de rations de viande aux familles déshéritées du village, ils n'auraient jamais songé même à s'arrêter pour les saluer.

Au cimetière, les hommes voulaient expédier rapidement leurs obligations rituelles pour revenir à leur préoccupation de chaque jour, à savoir trouver de quoi subvenir aux besoins de leurs enfants restants. Ils n'avaient pas le temps d'écouter cette vieille folle qu'ils appelaient « la Rouquine ». L'un d'eux, brandissant le portrait du chef de l'État, s'écria que le défunt était mort en martyr pour le président. Un autre répliqua qu'il était mort pour la patrie. Le vieil imam, quant à lui, tentait d'apaiser les esprits : « Tout ce qui nous incombe, en présence de la mort, c'est de louer le Très-Haut. Allons les jeunes, trêve de querelles inutiles, priez donc pour que Dieu agrée l'âme du défunt. »

À ses côtés se tenait le jeune homme – un des partisans d'Al-Zein – qui avait été nommé pour lui succéder en tant qu'imam du village. Les villageois ne lui portaient pas le même respect qu'à leur imam en titre, néanmoins ils le redoutaient.

À peine le vieux religieux avait-il achevé sa tirade que l'imam d'Al-Zein s'avança en criant : « Nous sommes tous prêts à nous sacrifier pour le président et pour la patrie ! » Dans le même temps, un homme en armes s'approcha de l'imam âgé pour lui glisser à l'oreille quelques mots qui le firent blêmir. Ensuite des balles furent tirées, et les kalachnikovs, brandies en l'air. Les hommes du village tremblaient dans l'attente de la suite, tandis que les femmes poussaient des youyous, et la foule compacte semblait ballottée au rythme des coups de feu. Chaque femme hurlait le nom de son enfant martyr, suppliant le défunt, sitôt qu'il arriverait dans l'autre monde, de lui transmettre leurs salutations et l'assurer de leur amour. C'est ainsi que les noms fleurirent ici et là avant de prendre leur envol au milieu des plaintes et des lamentations, et chaque nouveau nom scandé était ponctué d'une salve de tirs.

Sa mère, flanquée de la Rouquine, réussit à s'immiscer dans le groupe des hommes qui avaient les yeux braqués en direction du ciel où fusaient les tirs épars tout autant que les cris des jeunes : « Allons, fêtez donc le martyr pour sa cérémonie nuptiale, c'est son mariage aujourd'hui, célébrez-le. Oui, célébrez-le ! » Les femmes poussèrent des youyous, et un homme annonça à la cantonade que l'heure était venue de restituer son dû à la terre, mais ce moment coïncida avec celui où Nahla se retrouva enfin tout près du cercueil. « Je veux voir mon fils, s'époumona-t-elle, je veux humer son odeuuuur ! »

La foule n'en revenait pas, de voir Nahla ainsi couchée au-dessus du cercueil, auquel elle se cramponnait avec la plus grande énergie. La pluie avait cessé, et aucune force n'aurait pu détacher le corps de sa mère fermement arrimé. Elle essayait à tout prix d'ouvrir le cercueil, et ce faisant, elle avait fait glisser le drapeau de la patrie au fond de la fosse. Les hommes se ruèrent pour la chasser de là, mais elle parvint à leur résister. Ali gardait les yeux braqués sur elle, sans aider son père et les autres hommes à lui faire lâcher prise.

Est-ce bien cette scène-là qui lui est apparue en vision ? Mais oui, c'était assurément l'enterrement de son frère. Il se souvient que Nahla a fini par basculer avec le cercueil au fond de la fosse, ce qui non seulement la déshonorait encore davantage aux yeux de l'assistance, mais contrevenait aux traditions interdisant aux femmes de s'approcher de la fosse funéraire réservée aux hommes. Elle avait chuté en premier, et le cercueil – qu'elle n'était pas parvenue à ouvrir – avait chuté au-dessus d'elle. La foule était hébétée car on aurait dit que Nahla s'était enterrée elle-même : on n'entendait plus un son, ni râle ni gémissement.

Au milieu du vacarme assourdissant, elle avait l'impression que ses os s'étaient disloqués sous le poids du cercueil. En ouvrant enfin les yeux, elle aperçut les mains des hommes tendues vers la fosse pour le remonter. Quant à Ali, il la dévisageait avec des yeux exorbités, sans toutefois s'avancer et lui venir en aide. Il restait là, interloqué, observant les hommes qui tentaient de soulever sa mère pour la sortir de la fosse. Elle réussit finalement à dire adieu à son fils, même si la seule odeur qu'elle avait pu humer était celle de la terre.

Elle entendit les hommes la vouer aux gémonies, elle n'était à leurs yeux qu'une femme sans respect pour les lois de leur religion et le caractère sacré de la mort.

La Rouquine, elle, les maudit et les insulta, criant qu'ils n'étaient que des salauds, qu'ils devaient laisser la pauvre femme dire adieu convenablement à son fils. Comme Al-Zein lui enjoignait de la fermer et de dégager du cimetière, elle se rengorgea. « Que je dégage, espèce d'oiseau de malheur ?! » hurla-t-elle avant de lui cracher au visage. L'un des hommes d'Al-Zein s'en prit à elle, l'obligeant de la pointe de son arme à s'éloigner. C'était là plus qu'elle n'en pouvait supporter : elle s'effondra au bord de la fosse, où elle aperçut les doigts de Nahla rivés aux coins du cercueil comme s'il s'agissait de clous.

Lorsque les hommes réussirent finalement à lui faire lâcher prise et que la foule se dispersa, Ali fit marcher sa mère à son côté ; au début, il se contenta de la soutenir mais, peu après, il la sentit mollir entre ses bras, et la chargea alors sur son épaule pour l'emmener, sans se retourner ni prêter attention aux réflexions qu'il entendait autour de lui. La Rouquine les suivait à quelque distance en maugréant.

Le visage de Nahla était blême, presque jaunâtre, ses vêtements étaient souillés de boue, et elle tremblait. Hommes et femmes avaient oublié sa présence, occupés qu'ils étaient à manifester leur tristesse pour le défunt, laquelle atteignait maintenant son paroxysme.

Tandis qu'Ali s'éloignait en portant sa mère, une des femmes pesta contre ces comportements déplacés et contraires aux usages, n'hésitant pas à accuser nommément Nahla. Toute l'assemblée se tourna vers eux pour les regarder quitter le cimetière, et ils se sentirent couverts de honte pour n'avoir pas respecté le tabou du deuil. Comme les villageois lui criaient de revenir, Ali se figea, soutenant toujours sa mère, et répliqua par des jurons et des imprécations contre leurs pères et leurs mères.

Pour la première fois de sa vie, sa main était venue au contact des joues de sa mère, fendillées sous l'effet du froid ou peut-être du soleil, il ne savait pas très bien. Une chose en revanche était sûre, c'est que l'émotion qu'il avait ressentie à cet étrange contact – la texture rêche de l'épiderme rougeâtre et crevassé, les peaux mortes accrochées aux joues comme des épines dressées – l'avait transformé. Pour la première fois, il avait pu entendre son larynx produire un son, une sorte de claquement qui avait retenti tandis qu'il scrutait le ciel d'un regard sec.

3

Derrière l'arbre, sous les rayons brûlants du soleil, un autre… Une créature, une ombre, peut-être taillée dans l'éclat coupant du silence, ou bien un ennemi apporté par le souffle de la bombe qui les a projetés au loin, lui et ses compagnons.

Un goût de rouille – est-ce la peur ? Une peur à la saveur de rouille qu'il a déjà expérimentée récemment. Ce goût pourtant familier n'est autre que l'odeur des explosions, et voilà qu'il parvient à l'avaler facilement. Son cœur pulse avec violence. Il lève la tête pour scruter le visage de l'inconnu, et voit que l'autre en fait de même. Il prend une inspiration profonde et ferme les yeux.

Embrassant la scène depuis le surplomb du ciel, il imagine leurs deux silhouettes, la sienne et celle de l'inconnu, deux hommes ayant débarrassé leurs vêtements des branches sèches, du feuillage et de la terre qui les encombraient et qui, à présent, lèvent la tête pour se surveiller l'un l'autre.

Dans la distance, l'horizon de la mer paraît infini ; ce sont des paysages qu'il s'est habitué à se figurer dans sa tête. Il ferme les paupières et s'imagine observant le panorama depuis les hauteurs. Lorsqu'il grimpait autrefois au sommet de l'arbre accolé à leur maison, il n'y avait que le ciel pour le surpasser en hauteur. Depuis ce point surélevé, il imagine sa mère – à quoi ressemblerait-elle s'il l'observait depuis le ciel ? –, son arbre, sa cabane, les sentiers du village, la Rouquine, les crêtes des montagnes et leurs intersections au milieu des vallées.

À présent, il est davantage en mesure de se représenter la scène : un autre individu qui se déplace, le guette et l'imite dans ses mouvements – on dirait son double parfait. Il n'y a aucun oiseau dans le ciel ; étrange que les oiseaux disparaissent par une telle journée d'été ensoleillée ! Quant aux montagnes, qui ont vécu des millénaires, qui ont connu les guerres et les flots de sang abondants, elles se sont assagies et laissées couler jusqu'au littoral, calmes et fortes de l'assurance que tout cela n'est qu'un incident passager, que ce n'est pas cette bombe de rien du tout – larguée par erreur depuis un avion survolant leur petit groupe en patrouille sur les crêtes – qui va les effrayer.

Ali ne comprend pas pourquoi l'avion les a bombardés eux. Comment peuvent-ils accueillir avec des bombes ceux qui sont censés les protéger ? Comment une telle erreur a-t-elle pu être commise ?

Il est incapable de bouger. Autour de lui, tout paraît flou, indistinct. Il a cru un temps qu'il était blessé, ignorant seulement quelle partie de son corps était touchée. Apparemment tous les autres soldats ont péri dans l'explosion ou sous l'effet d'un autre cataclysme

– c'est pour cela qu'il ne voit aucun d'entre eux, pas plus qu'il n'entend le moindre bruit, le moindre gémissement.

Ainsi, il serait seul ? Oui, seul avec cet arbre, qu'il connaît par cœur, comme il connaît dans leurs moindres détails ses arbres familiers – celui-ci semble la réplique exacte de son arbre là-bas au village. Quel présage favorable ! Une lumière s'allume dans son cœur, il se dit que l'arbre assurément le protégera, comme il a protégé avant lui toutes les demeures des saints, ainsi que tous les humains qui ont invoqué sa protection.

Il essaie de soulever son torse pour s'appuyer sur son coude droit, mais la manœuvre lui arrache un cri de douleur. Il refait une tentative, et voit la tête de l'inconnu en vis-à-vis se soulever et crier au même moment, puis retomber comme la sienne. L'écho de leurs cris retentit entre les montagnes.

Ces mouvements de l'autre le perturbent, il a l'impression de voir son propre reflet, d'observer un monde parallèle dans lequel évoluerait son double. Peut-être est-ce l'effet de l'incandescence du soleil ? Oui, c'est possible. Ou alors l'inconnu là-bas n'est autre que lui-même, et ce sont ses mouvements à lui, Ali, qui se donnent à voir de l'autre côté. Et le voilà qui entreprend de singer l'action de l'autre, ou de l'ombre de lui-même, ou bien du mirage qui le hante – bref, de son pendant, quelle que soit son identité ! Il n'est plus sûr de rien, sinon qu'il attend quelqu'un qui viendra le sauver.

Peut-être que peu de temps s'est écoulé et que cette attente, dont il a eu l'impression qu'elle avait excédé un siècle, n'a duré en réalité qu'une poignée d'heures. À quel moment le bombardement aérien a-t-il eu lieu ? Il est incapable de s'en souvenir !

À mesure qu'il reprend lentement ses esprits, certaines choses lui reviennent : son arbre ici, et son arbre là-bas, et puis cette femme, qu'il reconnaît aussi.

Il la revoit de plus en plus nettement, au point de se rappeler la couleur de ses yeux noyés dans le passé, leur couleur grise tirant sur le blanc, qui la faisaient presque ressembler à une aveugle. Elle tapotait son crâne de son doigt tremblant avant de déclarer : « C'est là-dedans que tout se passe, je vois avec ma tête, pas avec mes yeux. »

Elle lui disait également que l'arbre du sanctuaire était le seul ami sur lequel elle pouvait compter, et qu'en s'occupant de lui, Ali, elle prenait soin du fils de son ami. Au village, ils ne cessaient de lui hurler dessus pour qu'elle arrête de raconter ses fadaises au garçon, qui était déjà à moitié fou et n'avait pas besoin de ça. Pour toute réponse, elle leur crachait dessus.

Il est en train de recouvrer sa personnalité. Il se souvient de la Rouquine – celle qui lui a raconté l'histoire des arbres –, mais pour cela, il doit mobiliser toutes ses forces, ce qui lui coûte un temps précieux. De fait, il lui a sans doute fallu une demi-journée pour finir de reprendre ces esprits, puis pour mouvoir son corps afin de s'assurer qu'il est bien vivant, ensuite pour retrouver qui il est, comment il s'appelle, qui est sa mère et quel est son prénom, ensuite pour se remémorer la Rouquine. Il doit vraiment bénéficier d'une protection divine, sans quoi la vieille illuminée ne lui serait jamais revenue à l'esprit – cette femme dans les bras de laquelle il a grandi, et qui lui a enseigné le langage des arbres. Elle proclamait toujours que ce sont les arbres – même si on nie leurs bienfaits – qui gardent à la Terre sa cohésion en l'attirant vers un point enfoui profondément en son centre.

Les villageois se gaussaient de cette femme plus que centenaire qui continuait néanmoins de se teindre les cheveux au henné rouge – sans compter qu'au fil du temps, la teinte avait viré à l'orange criard. Depuis une trentaine d'années, elle avait pris l'habitude de demander à l'une des villageoises de l'aider à faire sa teinture. Son choix s'effectuait de manière purement aléatoire : elle frappait à la porte d'une maison choisie au hasard, puis convoquait nommément une des femmes de la maisonnée, lui enjoignant de sortir lui teindre les cheveux.

Les villageois trouvaient cette manie ridicule, alors que pour elle c'était affaire de vie ou de mort, tant elle détestait les cheveux blancs. Elle l'avait répété maintes fois à Ali, pestant contre les méfaits du temps et de la vieillesse. Elle passait certes sa vie au pied de l'arbre, mais cela ne l'empêchait pas de rester élégante et propre ; elle se teignait donc les cheveux et soignait son allure. Par ailleurs, elle entretenait une tenue excentrique : elle était toujours enveloppée dans un manteau long dont les pans étaient rassemblés par une ceinture de couleur et se couvrait la tête d'un fichu tissé de fils de soie couleur des blés, brodé et tenu à l'aide d'une épingle qui, selon ses dires, avait le même âge qu'elle. Elle en enveloppait son visage les jours de froid, ne laissant paraître que ses yeux, et en prenait soin aussi précieusement que de sa propre vie.

Elle avait raconté à Ali, au cours des années, maintes histoires. Avant qu'il parte pour l'armée, elle lui avait annoncé qu'elle fêtait cette année-là – on était en 2013 – le centenaire de sa naissance. Elle était consciente d'avoir eu droit à une vie plus longue que de raison. Si toutefois il advenait qu'elle meure, elle en serait heureuse. Elle avait déjà vécu un siècle entier, ce qui lui avait fourni l'opportunité d'injurier d'innombrables « salauds » – selon le terme qu'elle avait employé.

Un jour qu'ils étaient assis sous l'arbre du sanctuaire, elle demanda à Ali s'il avait déjà connu l'amour. Il ne répondit pas, sans toutefois rougir ni manifester la moindre réaction. Il gardait les yeux braqués dans le vide, tout en se sentant vrillé par une douleur plus violente qu'il n'en avait jamais éprouvé. Là-dessus, la Rouquine s'écria d'une voix stridente : « J'te le dis, Ali, qui a pas connu l'amour, y a pas connu la vie ! » Puis elle se redressa, toute tremblante, avant de reprendre en hoquetant : « Regarde-moi bien… Oui, moi ! Eh ben sache que telle que tu me vois, j'ai connu de tout : du Turc, du Français, de l'Arabe. J'ai connu l'amour et c'est pour ça que mon cœur peut mourir tranquille. Et ces montagnes, là, tu les vois ? Je les connais toutes… et j'ai eu des aventures dans chacune d'entre elles… Quelle vie j'ai eue ! »

Il se trouve qu'un homme sortait du mausolée à ce moment-là, et qu'il avait entendu la fin de sa tirade. En arrivant à sa hauteur, il la prit à partie, lui demandant d'avoir un peu de pudeur eu égard à son âge avancé. Sans lui prêter la moindre attention, elle acheva tranquillement son propos par cette conclusion pensive : « Pour ça, j'en ai connu, des choses ! » Là-dessus, elle partit dans un grand éclat de rire et désigna le sommet de la montagne d'en face, avant de reprendre : « Là-bas, là où vos semblables ne peuvent supporter la dureté de la vie, eh bien oui, c'est là-bas que j'ai vécu. » Elle avait livré cette réflexion dans une langue soutenue !

Ali n'en revenait pas que leur maison soit nichée si haut sur une crête montagneuse. Comme il lui affirmait qu'il n'existait pas de plus haut sommet, elle se remit à rire, à sa manière bien particulière, un long rire tonitruant qui ne se terminait que par des hoquets, ou alors par des larmes qui lui coulaient le long des joues. « Dieu nous préserve de ce rire, soupira-t-elle. T'as vu, Ali, dès que les gens rient, ça les effraie. On rigole et boum, on a peur... » Là-dessus, elle repartit dans un nouvel éclat de rire.

À sa naissance, Ali avait passé deux heures sans pleurer, même si le souffle de sa respiration était bien audible. Tout le monde pensait qu'il n'allait pas survivre. En apprenant que Nahla avait mis au monde un enfant affaibli, la Rouquine avait accouru en claudiquant et en traînant ses béquilles. Il faut dire qu'elle avait pour habitude de veiller sur les familles comme celle d'Ali, et de leur rendre visite régulièrement. Elle était entrée dans la maison sans même demander l'autorisation, et voyant Nahla épouvantée, elle lui avait assuré que son fils allait survivre. Puis elle avait réprimandé les personnes présentes de s'être ainsi toutes agglutinées dans la pièce, au risque d'étouffer le nouveau-né : « Cette chambre est plus petite que la chatte d'une araignée, comment voulez-vous qu'il arrive à respirer là-dedans ? » Là-dessus elle avait enjoint à Nahla de prendre son bébé et de l'emmener sur-le-champ au sanctuaire.

Les villageois avaient beau la traiter de vieille folle, l'expérience leur avait appris, génération après génération, à prêter l'oreille à ses propos : elle était visiblement dotée d'un savoir étrange, dont personne ne connaissait l'origine. Elle avait été vue jadis lisant des livres, même si elle avait dû y renoncer depuis que sa vue avait baissé et ne lui permettait plus de les déchiffrer. Elle fredonnait des chansons dans une langue étrangère, que certains tenaient pour du syriaque, tandis que pour d'autres c'était du turc, sachant qu'elle avait vécu en territoire ottoman où son père avait été déporté en application du Safarbarlik[1]. De même, elle maîtrisait le français qu'elle avait appris en travaillant comme infirmière aux côtés des Français et en accompagnant un ingénieur venu de France pour planifier la construction de ponts ; de plus, elle avait pris part à une mission organisée par le gouvernement mandataire pour construire une école dans un village de montagne, où elle avait appris à lire et écrire le français. Certains soutenaient qu'elle avait assisté à une cérémonie organisée par le général Gouraud, tandis que d'autres, à l'inverse, prétendaient qu'elle s'était ralliée aux partisans du cheikh Saleh Al-Ali[2].

Maints récits et légendes couraient sur son compte, sans que quiconque soit en mesure de démêler le vrai du faux. Elle était originaire des lointaines montagnes du Nord, situées dans le sandjak d'Alexandrette – à l'époque où cette subdivision ottomane faisait encore

---

1. Politique de mobilisation autoritaire mise en œuvre dans l'Empire ottoman durant la seconde guerre des Balkans à partir de 1914, impliquant la conscription forcée de nombreux Syriens.

2. Leader de la révolte alaouite contre le mandat français en 1919.

partie de la Syrie –, mais son esprit n'était plus que confusion quant aux circonstances de sa naissance. Tout ce qu'elle savait, c'est qu'elle était née le jour où avait éclaté une de ces nombreuses guerres que les humains s'ingénient à inventer. En dépit de son âge, elle avait encore toute sa tête, ce qu'elle se plaisait à attribuer notamment à son excellente mémoire. Nombreux étaient ceux qui mettaient en doute le récit qu'elle faisait de sa vie, mais cela ne les empêchait pas de la redouter car, visiblement, elle et la mort étaient amis !

À l'époque – c'est-à-dire il y a dix-neuf ans, l'âge actuel d'Ali –, elle était encore présente dans leur quotidien et avait leur oreille. C'est pourquoi Nahla s'était empressée de la suivre, adoptant un pas lent, non parce qu'elle était fatiguée mais parce que la Rouquine avait développé, au long des années, l'habitude de boiter et de marcher courbée, à tel point qu'on avait l'impression qu'elle allait chanceler à chaque pas.

Une fois le sanctuaire atteint, elle était restée au côté de Nahla, avait oint le corps d'Ali d'huile bénite et ordonné à sa mère de le placer près de l'arbre protégeant les lieux. Celui-ci se ramifiait en de multiples branches, ce qui donnait un carré d'ombre suffisamment ample pour accueillir quatre personnes.

Elle avait placé Ali au milieu de ce carré et suspendu l'encensoir allumé à la branche la plus proche, avant de se lancer dans des invocations à voix basse. L'arbre déployait son ombre au-dessus du sanctuaire, comme c'était le cas pour toutes les demeures de saints disséminées en plaine et en montagne dans cette région côtière – des arbres vieux de plusieurs siècles et tenus pour sacrés, de sorte que la main de l'homme ne les avait jamais profanés.

Cet arbre, qui quelques années plus tard allait se transformer en point de ralliement pour les femmes endeuillées du village, de sorte qu'on appellerait l'endroit le « quartier des Veuves », était le véritable lieu de naissance d'Ali, où, en présence de tous les siens – son père, sa mère, ainsi que ses frères et sœurs, massés autour de lui pour prier Dieu de le sauver –, il avait poussé son premier cri. Le soir même, le médecin du village était passé constater que le nouveau-né était en bonne santé et qu'ils n'avaient plus qu'à rentrer chez eux.

Les années suivantes, les villageois répéteraient devant le jeune Ali que c'était la Rouquine qui l'avait sauvé. Selon elle, il était le fils de l'arbre et une nouvelle vie lui avait été écrite. Quand Ali avait grandi et commencé à fréquenter l'école du village, la Rouquine lui avait enjoint de ne pas prêter attention aux propos de ceux qu'elle appelait « ces abrutis ». Tout ce qu'elle avait fait, proclamait-elle, ne visait qu'à le sortir de ce « trou perdu » qu'était le foyer de ses parents – d'ailleurs, ce n'est pas parce qu'il y était chez lui qu'il n'était pas le fils de l'arbre. Année après année, elle l'avait abreuvé de récits de toutes provenances et origines.

Elle leur rendait visite chaque jour, arrivant le matin et repartant l'après-midi. Si d'aventure Nahla se montrait agacée de sa présence, elle répliquait : « Eh bien, t'as oublié que j'ai une part dans ton fils moi aussi ?! » Alors Nahla se taisait et lui permettait de rester.

Quand il eut quatre ans, Nahla commença à l'emmener au sanctuaire. Pour sa part, l'endroit où il se sentait le plus à l'abri, exception faite de la terrasse de leur maison, suspendue à flanc de montagne, et de sa cabane, c'était dans les branches des arbres. C'est là, à l'abri de leur feuillage, qu'il apprendrait à voler et à passer d'un arbre à l'autre en effectuant de petits sauts lestes.

Les gens pouvaient ainsi le voir voleter entre les arbres du village, se mouvant adroitement entre les extrémités de leurs branches. Par la suite, il se contenterait de vivre entre l'arbre du sanctuaire et celui de sa cabane, sautillant de l'un à l'autre. Intrigués, les villageois s'approchaient de lui et découvraient alors qu'il était muet – du moins avec eux car apparemment il conversait avec les oiseaux, ce qui conduirait les gamins du village à le surnommer le « merle chanteur de la Rouquine ».

Le village occupait une surface plutôt réduite ; ses habitations étaient disposées sur les flancs de la montagne avec, au milieu, un petit amas de maisons plus pauvres, sur lesquelles semblait veiller la Rouquine, leur rendant visite régulièrement. En revanche, elle s'abstenait de manger ailleurs que sur l'esplanade du sanctuaire – tout le monde était au courant qu'elle prenait là son déjeuner, et elle comptait fermement sur les villageois pour le lui apporter.

Après le déclenchement de la guerre, ils leur arrivaient, pendant qu'ils étaient noyés dans leurs peines, leurs terreurs et leur famine, de l'oublier quelque temps, après quoi elle se rappelait subitement à leur souvenir. Par chance pour elle, leurs pas les conduisaient fréquemment du côté du sanctuaire où ils faisaient offrande de bêtes sacrifiées, afin de protéger leurs enfants envoyés sur le front.

La Rouquine avait une sorte de droit de préemption sur les offrandes reçues au sanctuaire, un droit qu'elle jugeait non négociable, au point de se faire appeler « gardienne de la Demeure ». Les hommes ne se formalisaient guère de ses propos, car du fait de son corps malingre et de son marmonnement incohérent, ils ne la regardaient guère différemment qu'un chien affamé ; sans cela, ils n'auraient jamais toléré ses incartades. D'ailleurs, lorsqu'ils se réunissaient au sanctuaire pour tenir leurs rituels religieux, ils n'hésitaient pas à la chasser, lui interdisant tout le périmètre.

Le nouvel imam du village avait pris l'habitude, dans les dernières années, de la maudire et de la houspiller sans que quiconque ose protester, et beaucoup avaient même pris parti contre elle.

Personne ne connaissait le vrai nom de la Rouquine, et elle-même disait qu'elle l'avait oublié. Il se racontait qu'elle s'appelait en vérité Yamama, « la Colombe ». Cependant, un jour qu'Ali était lové dans ses bras, elle s'était levée brusquement pour cracher au visage d'un des hommes qui l'avait appelée ainsi : « Yamama est morte, avait-elle protesté. – Mais alors comment tu t'appelles ? » s'était enquis l'homme, interloqué. Ce à quoi elle avait répliqué : « Je suis la sœur de l'arbre, imbécile, et Ali, que tu vois là, est son fils ! »

Ali se souvient qu'elle vivait au pied de l'arbre, du côté où le soleil se couche. Elle affirmait qu'il n'y avait pas de meilleur endroit où vivre en ce monde, car elle aspirait à s'endormir en même temps que finissait le jour. Sa porte faisait face au coucher du soleil, et elle la fermait dès que le disque solaire commençait sa descente au-dessous de l'horizon, avant de clore les yeux et de s'assoupir au milieu de son capharnaüm dès qu'il disparaissait au milieu de la mer.

Personne ne l'avait jamais aperçue après la fin du jour. Comme une villageoise rouée lui demandait pourquoi elle se teignait les cheveux dans cette drôle de couleur orange, elle avait répliqué : « C'est la couleur du soleil, il m'en a fait cadeau. »

Elle avait construit elle-même sa bicoque directement sous l'arbre. Il y avait fort à faire pour une femme seule, à la cinquantaine bien sonnée ; heureusement, les gaillards du voisinage l'avaient aidée à l'édifier quand elle leur avait révélé qu'elle allait officier comme « servante de la Demeure ». Cette fonction-là était en principe interdite aux femmes, mais voyant qu'elle était orpheline, ils avaient accepté de la laisser habiter là et de lui accorder leur protection.

Le misérable baraquement de bois et de tôle qu'elle appelait sa « maison » était constitué d'une pièce unique débordant d'affaires mystérieuses, dont personne excepté Ali ne connaissait le contenu exact.

Elle avait creusé au pied de l'arbre une anfractuosité et l'avait tapissée de coussins afin de pouvoir s'y asseoir ; elle disposait aussi d'un vieux *jorn*[1] où elle conservait les légumes et les fruits et lavait ses vêtements. Les villageois l'avaient autorisée à se rendre dans leurs vergers pour cueillir poires, pommes et pêches, et tout autre fruit qui lui faisait envie, sans avoir de compte à rendre à personne.

Son plus grand plaisir, toutefois, était de fumer sa cigarette de tabac artisanal : ses doigts avaient beau être affaiblis et tremblants, elle était encore capable

1. Bac de pierre qui était encastré dans le sol des maisons traditionnelles de la montagne syrienne.

de rouler une cigarette avec dextérité. Les paysans lui faisaient don de feuilles de tabac, qu'elle broyait par ses propres moyens : elle prenait la feuille et l'étalait sous les yeux du petit Ali, puis la tranchait en deux avant de la humer. « Par Dieu, magnifique ce tabac de terroir, s'exclamait-elle, du tabac Abou Riha comme on n'en fait plus. »

Tout en s'affairant, elle lui parlait de la vie qu'elle avait vécue, émaillant son récit de nombreuses anecdotes. Elle lui révéla ainsi que l'odeur si marquée du tabac Abou Riha[1] était celle de l'oppression subie par les pauvres qui avaient vécu deux siècles plus tôt dans ces montagnes. Elle lui raconta comment les paysans d'alors s'étaient soulevés contre les Turcs pour protester contre les taxes qui les écrasaient, et comment les grandes familles de ces villages avaient collaboré avec les Turcs en s'abstenant d'acheter aux paysans leurs récoltes. Ceux-ci avaient donc dû conserver leurs stocks pendant une année entière dans leur maison, une année au cours de laquelle beaucoup étaient morts de faim. Chez eux, ils n'utilisaient qu'une seule pièce où se concentraient toutes leurs activités : dormir, manger, boire, élever leurs bêtes, mettre à sécher les feuilles de tabac et allumer leur réchaud, et même donner naissance.

Ce qui en faisait un tabac unique selon elle, c'est qu'il était imprégné de « l'odeur des hommes », puisque pendant une année entière il avait absorbé et gardé en lui les effluves de toute leur vie. Pour finir, les paysans avaient vendu leurs récoltes à des commerçants

1. Nom de marque signifiant littéralement « L'aromatique ».

égyptiens, par l'entremise de courtiers qui dans bien des cas étaient les notables des grandes familles qui les employaient.

À l'époque, lui expliqua-t-elle, les gens avaient encore de la dignité. Les riches s'étaient enrichis davantage, alors que les paysans, qui avaient dû vendre le produit de leur sueur et de leur oppression, étaient plus pauvres que jamais. Et pourtant, cela ne les avait pas empêchés de parfaire leur maîtrise de la production de ce tabac si particulier qui leur avait valu l'appréciation des Égyptiens, et qu'on appellerait dès lors « le Lattaquié ».

Elle lui dit avoir travaillé à la Régie des tabacs – avant que celle-ci soit nationalisée –, grâce à quoi son nez était formé à distinguer à l'odeur les différentes sortes de tabac, sans même avoir besoin d'y regarder. Elle riait en lui racontant tout cela, et à son contact Ali apprenait énormément. Un jour, lui avait-elle promis, elle lui révélerait sa véritable histoire. Oh, ce n'était pas pour tout de suite, il faudrait d'abord qu'il devienne un homme, mais elle le ferait : elle en prenait l'engagement solennel.

Cela faisait un bon demi-siècle que les villageois ne lui permettaient plus de nettoyer le sanctuaire, tâche qu'elle avait eu le droit d'exercer jadis à condition de l'assurer sous la supervision du servant en titre. En ce temps-là – ces journées dont plus aucun d'entre eux ne se rappelait tant ils étaient disposés à les oublier, au même titre que toute leur vie du reste, du moins les bons moments, car les mauvais, eux, ne risquaient pas de déserter leur mémoire ! –, en ce temps-là, donc, les préposés au service de la Demeure étaient des religieux, des ascètes soufis qui passaient leur temps à lire, à écrire et à apprendre les fondements de la langue, de la religion et de la poésie. De ce fait, ils jouissaient d'une autorité spirituelle et sociale sur leur communauté. Par la suite, cependant, une nouvelle sorte de religieux était apparue – dans les années 1980 –, leur venue avait coïncidé avec le renforcement du pouvoir du président père. Ceux-là, la Rouquine ne s'en approchait pas.

Pour sa part, elle avait suivi l'enseignement de grands savants religieux aujourd'hui disparus, et en avait acquis un vaste savoir. Elle avait écouté et bu leurs paroles, appliquant à la lettre ce qu'ils professaient. Personne n'avait prêté attention au fait que cette femme aux cheveux roux, qui la nuit marmonnait des paroles incompréhensibles en se hélant par des noms étranges, retenait le moindre propos prononcé devant elle. Chaque jour qui passait la voyait ainsi capable de réciter davantage de ces aphorismes et perles de sagesse qu'on devait aux savants, aux princes et aux saints. Par ailleurs, elle avait mémorisé tout le Coran et se livrait chaque matin à sa cantillation ; les religieux appréciaient sa voix enjouée et mélodieuse.

C'est elle qui avait initié Ali à la poésie et au Coran, et aussi à l'art de capter les voix des arbres et des oiseaux. Il veillait à lui rendre visite quasi quotidiennement, au grand dam de Nahla, d'autant plus inquiète que, selon les villageois, son initiatrice avait transmis à Ali le virus de la folie. « Celui-là sera un homme de religion et de vérité », déclarait la Rouquine en portant sur lui un regard fier. Mais le courroux de sa mère finit par se dissoudre à mesure qu'elle s'épuisait à travailler quotidiennement sur les terres d'autrui.

Ali prend appui sur son coude et se soulève, il lui faut déterminer l'endroit où il est blessé. Sa jambe droite a été tailladée au-dessus de la cuisse, et ce jusqu'au milieu du mollet. La toile du pantalon s'est déchirée, laissant béer une large plaie. Néanmoins, le fait d'avoir repensé à la Rouquine lui permet de garder un visage détendu. Il fait glisser son doigt sur les bords de la blessure ; il sursaute au contact visqueux de son sang, comme s'il s'était brûlé.

Il est définitivement convaincu que les visions qu'il a eues en reprenant conscience étaient celles des funérailles de son frère, où la Rouquine était présente, et où pour la première fois depuis longtemps elle lui avait paru perturbée. Elle le regardait, puis revenait au cercueil qu'elle fixait d'un air affolé. Elle se tenait à ses côtés en marmonnant des paroles confuses : « Le temps est peut-être venu pour toi de quitter le village, mon petit cœur… » Là-dessus, elle s'était écartée de lui pour saisir la main de Nahla, avant de s'éloigner avec elle en se faufilant entre les soldats.

Il doit absolument réussir à bouger sa jambe blessée. Il se rappelle que, ce jour-là, la Rouquine a craché au visage d'Al-Zein. Non sans difficulté, il fait pivoter le haut de son corps en direction du soleil – vers l'endroit où évolue l'inconnu, qui l'imite en scrutant le soleil, appuyé comme lui sur son coude droit. Il l'avait oublié, celui-là !

Ce qu'il voudrait dans l'immédiat, c'est évaluer la hauteur du disque solaire au-dessus du sommet de la montagne, pour en déduire le temps qui lui reste avant la tombée de l'obscurité.

4

Le ballon lui est tombé dessus.

Il resitue le point douloureux à l'arrière de son crâne, revoit la manière dont son visage a mangé la poussière lorsqu'il est tombé à terre sous le choc. C'est précisément l'endroit qui le fait souffrir en ce moment, et pourtant il y a un monde entre la douleur d'alors et celle de maintenant.

Cette fois-ci, il a vu le ballon de football dans lequel il venait de shooter tournoyer dans un mouvement frénétique, avant de disparaître au milieu d'un tourbillon, pour réapparaître plus tard et retomber pile sur sa tête.

Ali n'essaie pas de bouger pour l'instant, car le spectre du ballon qui a chuté en emportant son corps au fond d'une fosse obscure le perturbe. Sa joue se presse au contact de la terre, au point qu'il parvient à humer des racines, dont certaines lui apparaissent comme des serpents enchevêtrés. Il semble suspendu quelque part entre la vie et la mort – à moins que ce soit entre la mort et la vie – mais les deux formulations ne se valent-elles pas en définitive ? Il n'a jamais aimé les subtilités langagières, il préfère laisser son esprit vagabonder dans son monde intérieur.

Il entend les cris, ils éclatent en fines lamelles tranchantes qui viennent le fendre par le milieu, lui arrachant un râle affaibli. Son front se contracte, et le monde autour de lui disparaît, le laissant sombrer dans un abîme de douleur.

Les voix refont leur apparition, émanant de sa conscience, et il entend de nouveau les mêmes cris, tandis que le ballon tournoie et tournoie encore : « Eh oh, bonnes gens, pauvre monde, le président est décédé ! Que Dieu vous maudisse tous, notre président est mort… Eh oh, bonnes gens, pauvre monde ! » La formule se répète en boucle, résonnant dans sa tête de manière stridente.

Qui donc a prononcé cette phrase : « Eh oh, bonnes gens, pauvre monde, le président est décédé » ? En se la remémorant à présent, il se sent complètement déstabilisé, en proie aux sensations les plus diverses : happé dans les airs, consumé par le feu, sombrant interminablement dans un gouffre profond.

Il revoit le ballon rouler à ses pieds sur le terrain de sport. Cela s'est passé dans son école, en ce fameux jour de la Grande Peur. Il se souvient de ce coup reçu de la part du propriétaire de l'épicerie attenante à l'école, un type longiligne et basané, aux joues enflées, qui trouvait le moyen d'engrosser sa femme tous les neuf mois. Ali la voyait tout le temps le ventre gonflé, debout aux côtés de son mari, l'aidant à décharger les cartons de marchandises pour les emporter jusqu'à l'épicerie. Quant à ses enfants, qui proliféraient à un rythme soutenu, formant une grappe de minuscules créatures sautillant en permanence autour d'elle, Ali se plaisait à les comparer dans sa tête à des vers de terre brunâtres.

L'épicier, percuté par le ballon dans lequel avait shooté Ali, se vengea en se défoulant sur tous les élèves présents. Il était fier de ses fils, qui sans cesse agrégeaient au foyer familial de nouvelles chambres où, à leur tour, ils mettaient au monde de nombreux enfants – ou plutôt de nombreux vers de terre, comme les désignait Ali. Les petits-enfants se dispersaient ensuite dans les montagnes. Quinquagénaire, l'épicier se faisait surnommer « le vieux singe ». Ali connaissait le sens de cette expression qui désignait une personne intelligente et rusée, mais il ne la trouvait pas drôle ; pour tout dire elle le laissait indifférent.

Il se souvient surtout du formidable coup de poing que l'homme lui avait donné après qu'il eut shooté dans le ballon, ce même ballon qui danse à présent devant ses yeux alors qu'il s'efforce péniblement de ramper jusqu'à l'arbre.

« Eh oh, bonnes gens, pauvre monde, le président est décédé. Enfermez-vous donc dans vos maisons, je vous promets qu'on va tous y passer ! »

Les enfants crièrent, mais Ali ne se joignit pas à leurs cris. Ils étaient plus de dix dans la cour de l'école primaire, dont l'enceinte comportait une brèche assez large pour laisser passer leurs corps frêles. L'établissement, situé au beau milieu du village, était le seul endroit disposant d'un terrain plat où les élèves pouvaient jouer au ballon.

Ali, pour sa part, n'était pas vraiment amateur de football, il n'avait fait que suivre son frère aîné. Il devait avoir six ou sept ans à l'époque, et savait déjà très bien lire et écrire ; il continuait de se rendre régulièrement au sanctuaire pour écouter le vieil imam ainsi que les poèmes récités par la Rouquine. On était en juin, son père l'avait houspillé pour qu'il redescende de la terrasse et l'aide à transporter les pierres nécessaires à la réfection de la façade, qui s'était effondrée sous les chutes de neige.

Voyant là un moyen de se défiler, il se laissa choir au sol et courut après son frère qui se rendait sur le terrain de sport de l'école, pour marquer des buts. « C'est comme ça qu'on devient un homme, en marquant des buts » : voilà ce que lui avait dit son frère. Il réussit à le rattraper, sans imaginer un instant que, juste pour l'avoir suivi, il allait se faire frapper violemment par le vieux singe, qui se jetterait ensuite sur les élèves pour les brutaliser en hurlant que le président était mort.

Il voyait devant lui le ballon quadrillé de ces drôles de carrés noirs et blancs, dont il apprendrait par la suite qu'ils ne constituaient pas véritablement des carrés au sens où on l'entendait en géométrie, discipline dans laquelle excellait un autre de ses frères, le petit. Il était en admiration devant ce ballon qu'il aimait tant, car il finissait toujours par s'envoler. Un petit coup de pied suffisait à le faire décoller d'entre leurs jambes, mais il ne tardait pas à y réapparaître, après s'être joué aussi bien du sol que de l'air. Peut-être était-il comme lui au fond, qui aimait tant se balancer et jouer avec le vent.

« Vas-y, shoote ! » lui cria son frère en levant les bras bien haut. Alors Ali tira dans le ballon, faisant bondir en même temps son cœur. Ensuite, il s'éleva lui-même dans les airs et se retrouva à évaluer la vitesse du ballon qu'il venait d'expédier. Celui-ci avait pris de la hauteur, et les enfants le virent avec stupeur franchir la palissade de l'école pour retomber au-delà. Le grand frère observait fièrement Ali et bombait le torse, mais les camarades, eux, étaient furieux que le ballon soit perdu.

C'est ensuite qu'ils comprirent que le tir puissant d'Ali avait atterri sur la tête de l'épicier au moment où celui-ci était en larmes, absorbé par son deuil.

L'homme s'avança vers eux, se baissant pour passer à travers la brèche ménagée dans la palissade de l'école, et, toujours courbé, se mit à les invectiver : « Bande de fils de chiens, vous jouez à la baballe alors que notre président est mort ? Allez donc ! Retournez chez vous et enfermez-vous. Je vous dis que le président est mort, bande d'incapables, vous allez tous mourir les uns après les autres ! »

Les jeunes s'approchèrent de l'épicier, ils étaient bouche bée car il ne leur était jamais arrivé jusqu'ici de voir un homme pleurer, trépigner, et se gifler le visage comme les femmes, avec de la morve qui s'écoulait sans discontinuer de son nez.

Ali fit comme eux, puis il observa le ciel bleu vers lequel le commerçant avait levé les mains pour prier : « Oh mon Dieu… Oh mon Dieu… Pardonne-nous, mon Dieu ! » Les enfants se regardaient avec un mélange de peur et de désarroi. Ali, lui, ne voyait pas ce qu'il y avait de si effrayant dans ce ciel.

Son cœur se mit à trembler à la vue de ses camarades en pleurs après avoir été maudits, eux et leurs mères, par l'épicier, qui avait entrepris de les rouer de coups. La première, reçue par Ali, l'envoya bouler au sol, et les suivantes, reçues par les autres enfants, les réduisirent au silence. Ils étaient encore sous le coup de la surprise, ne sachant comment réagir, quand l'épicier reprit ses hurlements : « Allez, du balai, partez donc vous enfermer chez vous, puissiez-vous pleurer pendant mille ans. Je vous assure qu'on va en baver sans lui ! »

Sa belle-fille arriva à son tour, elle se mit à s'arracher ostensiblement les cheveux, et les supplia en pleurnichant d'arrêter de jouer, par respect pour le défunt – qui, à la surprise générale, n'était donc pas éternel.

Les enfants se rassemblèrent autour du ballon que l'épicier leur avait renvoyé, non sans avoir préalablement craché dessus. Tous gémissaient de douleur en se palpant qui la nuque, qui le visage, là où les taloches et les coups de poing avaient laissé leurs marques. Ali, lui, ne pleurait pas, il était à deux doigts de se jeter sur le commerçant, mais les autres élèves l'en empêchèrent. Pour finir, ils s'élancèrent pour sortir par la brèche, abandonnant l'école fermée et son terrain de sport. Là, ils aperçurent l'étroite ruelle où l'épicier était posté et avait recommencé à crier. « Allez, du balai, partez donc vous enfermer chez vous, allez ! »

Ils examinèrent le portrait placardé sur la façade de l'école, ceux apposés sur la maison de l'épicier non loin de là ; en voyant les nombreuses photos du président, ils eurent l'intuition que quelque chose de grave s'était produit. Il leur était sorti de l'esprit que ces images étaient là depuis des lustres, pas seulement les portraits mais aussi les statues à son effigie disséminées à travers la ville, de sorte qu'ils le croisaient un peu partout. Ils se renvoyaient des regards épouvantés, jusqu'au moment où ils comprirent qu'il était urgent de prendre leurs jambes à leur cou pour rentrer chez eux, car l'homme qu'ils avaient sous les yeux depuis qu'ils étaient présents au monde, cet homme qui avait été là à chaque instant de leur vie, venait de mourir. Il était partout en photo dans leurs manuels scolaires, sur le fronton de leur école, sur leurs écrans de télévision, sur les façades des immeubles, dans le bureau du directeur, et aussi dans leurs classes, à la fois sur les murs et sur le tableau, et c'était lui le mort !

« Le pauvre… fit remarquer son frère aîné. Alors comme ça le président est mortel ? Moi qui le croyais éternel ! Apparemment, il est capable de mourir lui aussi, comme n'importe quel humain. »

Les enfants continuèrent leur course au-delà des limites du village, empruntant des itinéraires différents. Ali et son frère couraient vite, si vite que leurs talons martelaient leurs fesses en rythme. Ils avaient plus de distance à parcourir que les autres, leur maison se trouvant dans la partie la plus éloignée du village.

Dans leur fuite, ils remarquèrent les comportements inhabituels des villageois, les femmes qui sortaient des maisons pour se lamenter. C'est alors qu'Ali se tourna vers le sanctuaire et aperçut le chêne, toujours à sa place, intact. Il se sentit chanceler sur ses jambes, et songea à abandonner son frère pour pénétrer dans le sanctuaire et voir ce que fabriquait la Rouquine. Toutefois, au moment où l'idée le traversait, il eut subitement l'impression que le sol allait « se fendre et les avaler », selon l'expression qu'employait souvent leur maître d'école. Combien de fois n'avait-il pas entendu cette phrase : « Puisse le sol se fendre et vous avaler, comme ça j'aurai la paix ! »

À l'époque, il ne comprenait rien à tout cela, mais la Rouquine lui avait confirmé qu'il arrivait en effet au sol de se fendre et d'avaler les gens, c'est d'ailleurs ce qui s'était passé dans les plaines du littoral, qui avaient été retournées sens dessus dessous, effectuant plusieurs tonneaux sur elles-mêmes – les gens qualifiaient ce phénomène de « tremblement de terre ». En grandissant, il avait appris que c'était le sol qui se retournait et non eux ! En revanche, il n'avait jamais compris pourquoi le maître d'école les maudissait en formant le vœu que le sol se fende et les avale.

En tout cas, il entendit bel et bien la phrase ce jour-là tandis qu'il courait avec son frère en direction de la maison ; elle avait été prononcée par une vieille femme devant laquelle ils passaient : « Ah si seulement le sol s'était fendu et m'avait avalée avant qu'advienne un jour pareil ! »

Il imaginait le sol comme une gigantesque casserole dans laquelle les gens basculaient, après quoi débarquait un géant doté de superpouvoirs, appelé « le Président », qui remettait le couvercle sur la casserole pour les y faire bouillir vivants. Peut-être était-ce ce géant-là qui les protégerait lorsque le sol se fendrait et que les monstres en sortiraient pour les avaler ? C'est ce qu'il se disait à lui-même dans sa course, s'abstenant toutefois de pleurer, contrairement à son frère qui avait les yeux humides de voir ainsi les gens s'enfuir en sanglotant. Saisissant la main d'Ali, il l'attira près de lui pour lui dire : « N'aie pas peur », avant de fondre en larmes. Il serrait la mâchoire et se mordait les lèvres, et des gouttes de sueur perlaient à son front. Il avait tellement couru que son gilet de coton était trempé.

À l'époque, tout ce qu'Ali aimait, c'était siffloter et passer du temps seul, c'est ce qu'il faisait le mieux au monde : rester seul. Aux yeux des autres, cela paraissait idiot, mais pour sa part il avait compris – dans les quelques années comptées qu'avait duré son existence – qu'il n'aspirait qu'à cela : rester seul avec son arbre, jubilant de se trouver au milieu de son monde sans limites, ce monde dont les autres n'avaient pas idée.

Il ne réussit pas ce jour-là à rester à la hauteur de son frère – qui l'avait saisi par la main pour l'entraîner – car il était à bout de souffle. Son frère courait toujours plus loin, et Ali savait qu'il devait absolument rester avec lui, sinon il aurait droit à une fessée avec la canne en grenadier, la canne longue et fine de son père qui sifflait à chaque coup assené.

Son frère le regardait approcher tout en l'encourageant : « Grouille-toi, vieille mule ! » C'est là qu'il remarqua qu'au lieu de le laisser là-bas, Ali avait rapporté le ballon ; il le tenait fermement, le pressant fort contre lui, à l'endroit où se trouvait son cœur. Son frère, effrayé, lui décocha une gifle. Ali tomba à la renverse mais ne pleura pas, se contentant de serrer le ballon contre lui. Pour finir, il glissa sa main dans celle de son frère et se remit à courir à toutes jambes. De nouveau, leurs talons venaient percuter leurs fesses, ils couraient si vite qu'ils semblaient voler.

Quand ils arrivèrent à la maison, Ali grimpa sur l'échelle de bois jusqu'à la terrasse, d'où il entendit leur voisine héler sa mère dans le lointain : « Descends, sœurette, reviens donc, par Dieu, je crois que notre heure a sonné. » Sa mère sortit du champ en pleurant, elle rentra dans la maison avec ses enfants, et referma la porte derrière elle. Ils avaient oublié Ali qui était encore sur la terrasse, étreignant le ballon. Il observait le manège des voisins, ceux d'à côté comme les plus éloignés, tous se faufilaient discrètement à l'intérieur de leur maison où ils disparaissaient après avoir verrouillé portes et fenêtres. Il entendait le bruit des sanglots et des lamentations.

Des doigts, il éprouva la texture du ballon, se demandant si on allait frapper à leur porte pour le réclamer. Cependant, le fait qu'enfants et parents soient tous accaparés par la mort du président – qu'ils avaient auparavant cru immortel – le rassurait.

Tandis qu'il attendait sur sa terrasse face à la montagne, il observait la cime et les maisons, surveillant le moment où le sol se fendrait et les avalerait tous, comme le leur avait prédit le maître d'école. Puis il se rappela que celui-ci avait prononcé une autre phrase, à savoir qu'il comptait les frapper et les frapper encore jusqu'à ce que le sol se fende et les avale – une promesse formulée indépendamment de la mort du raïs.

Il se rend compte, aujourd'hui que treize ans ont passé, que le monde n'a pas tremblé, que le sol ne s'est pas fendu pour les avaler.

Il resta seul avec son ballon à scruter le soleil et la forêt au pied de la montagne. Après un temps passé ainsi, il se mit debout et s'avança vers le bout de la terrasse qui dominait la vallée. Il immobilisa le ballon avec calme et maîtrise, puis, après s'être reculé de quelques pas et avoir jeté un coup d'œil aux rares nuages présents dans le ciel, l'expédia d'un puissant coup de pied dans les airs. Ensuite il le regarda effectuer son vol plané bien haut avant de retomber en direction de la vallée. Là-dessus, il tourna la tête et aperçut le chêne au loin, près du sanctuaire. Il ne distinguait pas qui était présent là-bas, car les branches lui masquaient la vue, et il était trop éloigné pour bien voir. Puis il s'approcha du bord de la terrasse et, tendant les bras, tenta de se figurer la trajectoire du ballon chutant au fond de la vallée. Il était à deux doigts de plonger à sa suite quand il entendit les cris de sa mère. Celle-ci était ressortie discrètement de la maison avec les autres enfants et l'appelait pour qu'il les rattrape.

Il descendit calmement, puis se hâta en voyant qu'ils couraient en direction du sanctuaire. Il s'aperçut qu'il était pieds nus – il avait oublié ses sandales en plastique sur la terrasse –, néanmoins il continua de courir sans s'arrêter, et finit par les rejoindre.

Il avait dans l'idée de retrouver la Rouquine, mais elle n'était pas en vue. Il entendait seulement des sanglots et des lamentations. Il se faufila au milieu de la foule dense et, remarquant les visages épouvantés, il entendit les invocations qui fusaient d'un coin à l'autre. « Remettez-vous-en donc au Dieu Un, chers amis ! » lança en guise d'apaisement l'ancien imam, tandis que son successeur avait réuni autour de lui un groupe de jeunes gens à qui il s'adressait en chuchotant.

Ali s'introduisit à l'intérieur du sanctuaire et se glissa entre les gens attroupés. C'est là qu'il découvrit la Rouquine assise dans l'angle, entourée de femmes et d'enfants en train d'allumer des bâtons d'encens et de marmonner des actions de grâce.

Il aperçut aussi le grand panneau qui rassemblait les portraits de leurs saints bienfaiteurs, avec au milieu celui de leur président. Personne ne savait qui avait apposé ce portrait à cet endroit. Non loin, une femme brandissait une photo du président tout en se lamentant à chaudes larmes.

Il finit par atterrir entre les pieds de la Rouquine, qui, presque dans un état second, observait avec effroi ce qui se passait autour d'elle. Il se pencha vers elle afin de plonger ses yeux dans les siens, mais n'y vit que du vide. Elle ne lui rendit pas son regard, se contentant de le prendre dans ses bras comme elle le faisait d'habitude, sans dire un mot. Elle fixait les ornementations du mausolée, particulièrement le cercle vert situé au cœur du dôme, sans se départir d'un air suppliant.

Il revit l'épicier qui ne cessait de crier : « Soyez maudits et que vos pères aillent au Diable, tous autant que vous êtes, notre président est mort ! »

Les journées suivantes s'écoulèrent pesamment, pleines de silence et d'appréhension. Ali n'entendait plus les lamentations, pour la bonne raison qu'il était retourné se réfugier dans ses bois, après quoi il était redescendu vers la vallée en repensant au ballon de football. Il disparaissait toute la journée avant de revenir le soir dormir sur la terrasse de leur maison.

Il ne fallut guère longtemps – un mois environ – avant que la joie ne retrouve le chemin du village. Partout à travers les sentiers et les ruelles, les cris jaillirent de nouveau. L'épicier qui leur avait hurlé dessus pour le ballon avait repris ses hurlements, mais cette fois c'étaient des cris de liesse et de réjouissance. Sitôt le mois écoulé, il était redevenu celui qu'Ali connaissait auparavant, se livrant aux mêmes singeries, sautillant et bondissant partout, criant et haranguant les gens d'une voix de stentor.

Il entreprit de visiter les maisons une à une afin d'encourager ses belles-filles, ses petits-enfants et tous les habitants du village à pousser des youyous. Il battait des mains et ne cessait de hurler : « Vive le président ! Vive le président ! »

Ali était perplexe : comment le président pouvait-il mourir, puis être de nouveau vivant ? Sûrement que cet homme-là était immortel. Il ignorait que ce président-ci était le fils de ce président-là, et que cet enchaînement qui lui avait paru bizarre – « le président est mort » et aussitôt après « vive le président » – n'était pas si étonnant quand on savait que le fils du président était devenu à son tour président et commandant des forces armées, et même secrétaire général du parti que lui avait légué son père.

Mais tout cela, Ali l'ignorait ; de ce fait il était complètement perturbé. Il s'amusa des mimiques de l'épicier qui gesticulait d'une manière comique. Ah, ce qu'il avait pu rire ce jour-là ! Par la suite, il l'oublia, et il oublia même que cette journée avait été suivie d'une période de calme et de bonheur. Il ne se souvint de lui qu'après le déclenchement de la guerre, quand il le vit défiler aux enterrements de ses enfants, sauf qu'il ressemblait désormais à un arbre desséché.

Tandis qu'il suit la trajectoire du ballon qui tournoie devant lui avant de disparaître, la violente migraine s'empare de nouveau d'Ali. Il repense à ce ballon qui a sombré piteusement dans la vallée, sans franchir la ligne des nuages ni disparaître dans les hauteurs du ciel comme il l'avait espéré en shootant dedans du plus fort qu'il pouvait au passage d'une nuée.

Il est accablé par le souvenir amer de cette chute, elle lui rappelle le gouffre dans lequel il sombre à présent, après avoir été réduit à un corps paralysé et criblé de blessures. Il se dit que sa vie passée et présente est tout entière ramassée dans ces quelques mètres qui séparent le point d'impact de la bombe et l'emplacement du tronc d'arbre. Une vie courte et concentrée, qui a duré suffisamment pour pouvoir se terminer ici. À l'idée que ces quelques mètres manquants représentent l'intégralité de ce qu'il lui reste à vivre, les questions se pressent à son esprit. Que fait-il ici ? Contre qui se bat-il ? Quelle cause défend-il ? Et d'ailleurs, qui est-il véritablement ?

C'est la première fois qu'il songe à cette question. Oui, qui est-il aujourd'hui ? Et auparavant, qui était-il ? Ces quelques mètres qui le séparent du tronc d'arbre résument-ils sa vie ? Ce qu'il a vécu mérite-t-il seulement d'être considéré comme une vie, ou n'est-ce qu'un passage furtif et éphémère ? Va-t-il devenir une étoile dans le ciel ?

Il se remémore le visage de son grand frère, déterminé à aller combattre en première ligne pour défendre la patrie, et ne trouve pas de réponse aux questions qui le taraudent. Quelle est donc cette existence étrange qui se déroule devant lui, comme si c'était celle d'un autre ? Tout se passe comme s'il voyait un jeune homme de dix-neuf ans qu'on aurait jeté au sommet d'une montagne, victime d'une bombe larguée par erreur d'un avion, et comme si lui-même essayait de comprendre, durant les quelques mètres qui lui restaient à parcourir pour faire le choix de la survie, ce que ce jeune homme avait bien pu fabriquer.

Il remue le haut de son corps, étire ses membres, puis ouvre les yeux pour se persuader qu'il est bien présent dans cette existence qui se résume à quelques mètres. Il aperçoit l'ombre du fameux ballon de football planant dans les airs, et pousse un soupir. Au moment où il va sombrer dans le gouffre de ses questionnements et de ses souffrances, au moment où il est plus que jamais isolé de lui-même, il songe à l'inconnu. Tout ce qu'il veut savoir, là tout de suite – si seulement il pouvait se tourner, outrepassant son mal de tête qui lui a rappelé son tir dans le ballon –, tout ce qu'il veut savoir donc, c'est si l'autre en miroir se tournera vers lui. Car la question qui le préoccupe à cet instant précis, et qui heureusement sera rapidement tranchée, est de savoir si l'inconnu ne serait pas en réalité son âme venue l'attendre pour l'emmener dans l'au-delà.

5

Il commence à peine à avoir les idées claires quand la lourdeur à l'arrière de sa tête refait son apparition, le plaquant de nouveau au sol. Manifestement, il repose sur un tapis de feuillage qu'il a entraîné avec lui en tombant dans la fosse. Même s'il a l'impression d'avoir passé des heures à s'enfoncer dans l'humidité et à sombrer dans l'engourdissement, la chute n'a probablement pas duré plus de quelques secondes.

Il dirige son regard vers l'arbre situé droit devant lui, puis s'en détourne pour scruter le versant opposé. Il est trop affaibli pour avoir conscience de la situation, ou pour savoir s'il fait toujours partie du monde des vivants. Son horizon dans cette direction-là est bouché par un bosquet d'arbres au loin. De prime abord, il s'en trouve rasséréné, car cette zone en haut de la montagne est plutôt dégarnie, avec seulement quelques arbres espacés. En aiguisant son regard, il se rend compte toutefois que leur cime s'est teintée d'un intense rougeoiement : manifestement, ils sont en feu.

Des particules de terre lui tombent à l'intérieur des yeux, et il remarque leur rondeur délicate tandis qu'elles y pénètrent l'une après l'autre. Il remue brièvement, entraînant dans son mouvement un enchevêtrement de terreau, de ronces et de boue – d'ailleurs, cette boue, d'où vient-elle ?

Il s'ébroue pour reprendre ses esprits et sent un liquide couler au fond de son crâne, il en perçoit le gargouillement, qui bientôt se déplace vers la base de la nuque. Il se prend à imaginer une racine qui lui pousse dans le dos.

Il examine de nouveau l'arbre, ce qui l'amène à une quasi-certitude : cet arbre n'est nul autre que son chêne. De cela, il a déjà eu maintes et maintes confirmations, mais ça n'empêche pas la peur de lui broyer le cœur, le faisant douter de la réalité de ce qu'il voit. Cette peur-là s'empare de lui à chaque fois qu'il se remémore le visage de Nahla ; dans l'expression de ce visage, il comprend comment les monstres grandissent, puis viennent se nicher dans les yeux des mères endeuillées par la perte d'un enfant, avant de leur dévorer le cœur dans le froid de la nuit.

Des petites feuilles sont tombées des branches. Il sait que les chênes agissent ainsi : ils jettent leurs feuilles au sol pour s'en débarrasser en toute simplicité. « Les arbres ont la sagesse de savoir se priver. » C'est une expression qu'il entendait souvent dans la bouche de la Rouquine, et elle l'obligeait même à la répéter après elle. Ou bien elle déclarait : « Je suis un arbre. » afin qu'il reprenne à son tour : « Je suis un arbre. » Il la suivait partout où elle allait, s'accrochant à sa longue robe multicolore.

D'autres fois, elle proclamait son intention de lui apprendre l'art de se taire comme les arbres. Un jour il s'était irrité – il n'avait que huit ans alors – de cet éloge du silence qui revenait si souvent dans sa bouche. « Pourtant, tu parles beaucoup ! » s'était-il exclamé. À ces mots, elle avait éclaté de rire, avant de répliquer : « Mais c'est parce que j'suis pas un arbre, moi. C'est toi qui es un arbre ! »

Nahla, chaque fois qu'elle emmenait son fils au sanctuaire pour lui enduire le corps d'huile, un rituel auquel elle se livrait fréquemment, la houspillait pour avoir parlé ainsi au petit. La Rouquine répliquait en la maudissant entre ses dents.

Il repense maintenant à cette expression, « Je suis un arbre », et sent l'odeur de l'huile que sa mère lui passait sur la nuque de ses doigts rugueux, ses massages étaient douloureux mais il n'osait pas protester. Il l'entendait marmonner en priant Dieu ainsi que le maître de la Demeure de guérir son fils de son égarement permanent. Il se souvient du malaise qu'il ressentait à l'intérieur de son ventre ; cette sensation, il l'éprouvait à chaque fois, ce ne pouvait être une simple coïncidence.

Tout en y réfléchissant, il se frotte la joue contre le sol, et ce mouvement fait voler le tapis de feuilles, le mettant au contact de la boue qu'il laboure de sa tête – en réalité, labourer est un grand mot, c'est juste qu'il s'imagine creuser avec sa joue.

Autrefois il possédait une pelle qu'il utilisait sans cesse, à tel point que le manche de bois lui avait causé des ampoules sur la paume des mains. Sa tête lui apparaît à présent comme une pelle, capable de réduire la roche en miettes. Il se sent assez fort pour la projeter contre le sol, pulvériser toute la zone autour de lui, puis creuser dans la fine couche de terre. Ces montagnes sont aussi rocailleuses que celles qui bordent son village, elles doivent en être le prolongement – tiens, bizarre, il n'y avait pas pensé jusqu'ici. Il va planter ses dents dans la glaise et la recracher, avaler encore puis de nouveau recracher. L'idée est de creuser autour de lui pour se ménager un chemin en direction de l'arbre ; en alternant les mouvements de tête d'un côté puis de l'autre, il atteindra les premières racines de l'arbre, puis continuera d'avancer ainsi en manœuvrant de la tête.

Soudain il capte un son, c'est le bruissement de l'arbre, même si ce n'est sans doute pas le terme qu'il utiliserait. Il se soulève et aperçoit de l'autre côté la tête de l'inconnu – mais oui ! – qui la projette en avant afin d'entraîner le reste de son corps.

Lui aussi se déplace, utilisant son coude en guise de béquille pour ramper plus loin, effectuant ainsi une nouvelle progression qui amène sa tête à heurter le sol friable. Il comprend qu'il s'est rapproché de l'arbre. Oh, il n'est pas tout près, mais en tout cas il a avancé, et cela lui suffit.

Cet arbre-là, il le connaît par cœur, il est différent de tous les autres qu'il a connus au cours de sa vie : l'arbre de sa maison, l'arbre du sanctuaire, et à présent ce troisième, avec lequel il cohabite depuis maintenant un mois. N'est-il pas étrange qu'il s'agisse encore une fois d'un chêne ? Trois chênes !

L'espace d'un instant, alors qu'il utilisait de nouveau son bras comme point d'appui pour avancer d'une coudée supplémentaire, après avoir avalé de la terre et l'avoir recrachée, il a éprouvé une certaine sérénité. Cette sérénité-là, qu'on imagine mal chez un jeune homme d'à peine vingt ans qui ignore s'il est vivant ou déjà en route vers l'autre monde, est sans doute éphémère. Mais il a toujours été ainsi, sujet à des sentiments excessifs et imprévisibles.

Dans son état, ce moment de sérénité, même éphémère, a vraiment de quoi surprendre, mais il faut dire que le chêne occupe à ses yeux une place importante : il veille sur lui. Il a la chance de se trouver dans les montagnes autour de Lattaquié et non dans la campagne désertique à l'est de Homs où la sécheresse a rongé le corps de son frère.

Les arbres sont simples, au contraire des humains, pour lui ça ne fait aucun doute. Ils lui ressemblent, et il est convaincu que la Rouquine disait vrai lorsqu'elle affirmait qu'il était un arbre. De fait, il dort debout et comprend le langage des arbres – alors qu'il n'y a personne pour le comprendre, lui, lorsqu'il s'exprime en sifflant. Il est convaincu qu'une divinité protectrice le fait avancer en direction de ce chêne qui le protégera des loups. Il a conscience de perdre du sang, même s'il ne sait pas bien où se trouve sa blessure. Son corps est comme anesthésié, à l'exception d'un point de douleur intense qu'il est incapable de localiser précisément.

Cet arbre, devant lui, ne se trouve pas là par hasard.

Il frotte son visage contre la terre pour essayer d'établir le contact avec les racines, peut-être celles-ci lui transmettront-elles les volontés de l'arbre. Dans son for intérieur, il lui fait savoir qu'il aspire à arriver jusqu'à lui, mais nulle réponse ne lui parvient.

Les différences entre les trois arbres émergent progressivement dans son esprit ; il a l'impression de passer par des phases de divagation entrecoupées de pertes de connaissance, mais ce cycle est imprimé par les arbres qui tournent dans sa conscience. Le chêne qui se trouvait derrière leur maison était le plus petit en taille, il était jeune d'ailleurs ; la Rouquine disait qu'il était encore un enfant, n'ayant même pas atteint l'âge de soixante ans. Ses branches poussaient très lentement, c'était là le secret de sa longévité, qui lui donnait le temps suffisant pour acquérir la sagesse et ainsi traverser sereinement l'épreuve de la vie – pas comme les humains qui, à peine ont-ils commencé à comprendre quelque chose à leur présence en ce monde, doivent déjà le quitter.

Parlant dans un chuchotement, elle lui racontait d'innombrables récits à ce sujet. Une expression revenait sans cesse dans son propos : « les mortels ». Il lui arrivait ainsi de déclarer : « Ah, ces mortels, quel drôle de destin que le leur ! » Cela ne cessait pas de l'étonner : d'où une femme comme elle possédait-elle un vocabulaire aussi élaboré ? Puis dans une langue tout aussi soutenue, elle reprenait : « Admire donc ce rameau, ô amour de mes yeux, regarde comment il se déploie vers le ciel, pas comme nous autres mortels ! » Elle plissait les paupières pour mieux voir, pendant que le rayon de lumière venait éclairer son front, après avoir traversé le rameau à l'apparence singulière : il sortait du tracé régulier du branchage pour partir seul à l'aventure, un peu comme une petite main sortant d'un utérus.

Pendant que l'éclat de lumière scintillait sur les rides de son front, Ali scrutait cette étrange poussière d'or qui s'était illuminée comme un amas de particules luisantes entre les feuilles de la branche solitaire et le bleu du ciel, puis baissait les yeux pour observer l'arbre, se demandant comment il avait pu la laisser faire sécession et se démarquer de sa masse sphérique, rompant ainsi l'harmonie de son développement. C'est la Rouquine qui lui soufflait la réponse dans un murmure : « Cette branche-là te ressemble, Ali. »

Ali connaissait sa place par cœur, et il savait exactement où s'asseoir derrière la petite cabane que la Rouquine s'était aménagée entre les branchages du petit arbre, à une dizaine de mètres du sanctuaire. Cet arbre, il ne l'aimait pas trop, estimant que ses branches laissaient trop passer la lumière – ça ne lui plaisait pas qu'il se fasse ainsi dominer par le soleil qui en trouait le feuillage et l'investissait à sa guise –, et peut-être aussi pour une raison plus simple : il n'avait jamais réussi à s'y endormir. Mais, selon la Rouquine, c'était seulement de la bêtise de sa part. Car contrairement à ce qu'il croyait, le petit arbre n'était pas jeune, il avait l'âge de son père ! Père qui, soit dit en passant, était encore plus bête que lui, ne comprenant rien au sens de la présence de ces arbres ici, en ce lieu sacré. Elle ne voulait d'ailleurs rien savoir de cet homme que la rumeur qualifiait d'« abruti ». Son petit Ali, en revanche, elle lui gardait toute son affection, sachant qu'il possédait la vertu la plus importante qui soit donnée à un être humain : celle de pouvoir communiquer avec l'air, la terre et les arbres.

Pour ce qui est de l'eau, elle la voyait comme un élément à part de tous les autres et ne souhaitait pas en parler, préférant narrer inlassablement des récits issus du passé, de l'époque où les Turcs exerçaient leur hégémonie sur les montagnes et le littoral. Comment elle avait fait le voyage jusqu'à la ville pour élucider le mystère de l'eau, découvrant ainsi la mer et son immensité, puis comment elle s'était enfuie quand des assaillants avaient aspergé les visages des femmes d'eau de feu[1] et roué de coups leurs époux. Depuis ce temps-là, elle préférait éviter la zone côtière. Mais quant à savoir pourquoi cela était arrivé, elle ne le lui avait jamais expliqué.

Il l'écoutait avec curiosité, intrigué qu'il puisse exister une « eau de feu » alors que dans son expérience, eau et feu ne pouvaient pas cohabiter. Elle avait pris l'habitude de clore leurs conversations par cette phrase : « Écoute, Ali, arbre de mon cœur… Puisse Dieu ne jamais t'emporter dans son feu ! »

Il se remémore la phrase, et aussi le récit sur l'eau de feu, tout en regardant les flammes dévorer les arbres derrière lui. Il est convaincu que la sève du chêne résiste au feu et que les prières de la vieille femme le protègent efficacement. Est-ce que les autres soldats ont péri brûlés ?

Elle lui parlait en laissant ses doigts s'amuser avec les grains du chapelet bleu qui entourait son cou. Pour échapper à ses propos terrifiants, qui réveillaient sa peur du feu, il préférait battre en retraite et grimper en haut du chêne. Là, il nouait ses bras et ses jambes autour des branches, se soudant au tronc, puis fermait les yeux et se balançait doucement. Elle lui criait de redescendre, car l'arbre du sanctuaire n'était pas comme les autres : il était là pour qu'on trouve refuge au-dessous, et non pour qu'on y grimpe. L'époque où l'on vivait dans les arbres était bel et bien révolue. « Descends de là, mais descends donc, arrête d'inverser l'ordre de la nature.

---

1. Manière populaire de désigner le vitriol.

Les arbres sont au-dessus et, nous autres humains, on est en dessous. »

De son côté, il ne prêtait guère attention à ses cris et ses remontrances sans fin ; elle l'adjurait de témoigner du respect aux dépouilles des saints qui, lors de leur ascension vers la lumière, se hissaient hors du sol pour gagner les branches. Il continuait de l'ignorer et finissait par s'assoupir en écoutant son babil ; il attendait la bonne âme qui viendrait apporter à la Rouquine son repas – repas qu'elle ne manquait pas de partager avec lui.

Quand a-t-il cessé de la contrarier en grimpant à l'arbre du sanctuaire ? Il ne se souvient plus de la ligne de démarcation entre son enfance et son adolescence. Si on lui demande, là tout de suite, de quoi il se souvient, il répondrait : le chêne du sanctuaire, le chêne de sa maison, et aussi ce chêne-ci vers lequel il est en train de ramper péniblement.

Il y avait de nombreuses distinctions entre les trois arbres, qui différaient à la manière de plaques de lumière se déclinant en plusieurs tailles sous les rayons du soleil, même si c'était plutôt sur des points de détail.

Le chêne du sanctuaire, par exemple, était impénétrable ; ni les pluies ni même le soleil ne pouvaient transpercer son branchage, et le bruissement de son feuillage ressemblait à un frémissement. À l'inverse, les feuilles du chêne de sa maison produisaient une mélodie différente, plus proche d'un sanglot réprimé dont l'intensité variait en fonction de la course des vents et de leur propension à jouer avec le feuillage.

Le chêne du sanctuaire était doté de branches plus solides, qui ne s'agitaient guère dans l'obscurité pour donner cet effrayant grincement. Il n'avait jamais tenté d'y passer la nuit – ce n'est pas qu'il n'en avait pas eu l'idée, au contraire ; simplement il attendait le moment approprié pour le faire à l'insu des villageois, car il savait, au plus profond de lui-même, qu'un tel comportement le ferait passer pour fou à leurs yeux. Oh, certes ils le considéraient déjà comme un excentrique, mais personne n'avait jusqu'alors osé le traiter de fou.

Quant à ce chêne devant lui, il est différent de ceux du sanctuaire et de la maison. Le bruissement de ses feuilles est changeant, il ne se conforme pas à un rythme fixe, ou peut-être est-ce lui qui n'a pas encore saisi la singularité de sa voix. À certains moments il crie, à d'autres il tremble, ou bien ses branches basses s'inclinent en produisant un bourdonnement semblable à un chuchotement étouffé. Ses petites branches au bas du tronc grandissent, et Ali est suffisamment expert pour savoir que cela marque le commencement de la fin. L'arbre va mourir. Cela lui prendra peut-être cinquante ans, mais son sort est scellé.

L'odeur de cette mort annoncée, il l'a sentie en rejoignant sa position avec les autres soldats. Il a passé du temps à tourner autour comme un chiot, malgré les moqueries de ses camarades. Il a compris alors que l'arbre avait perdu sa voix et son parfum si familiers.

Ces petites branches passaient leur vie dans l'ombre, cantonnées au monde d'en bas, et ignoraient tout des scintillements de la lumière, alors que lui en guettait les manifestations et savait parfaitement comment interpréter ses jeux sur les branchages et les feuilles. Il les contemplait des heures durant chaque fois qu'il se rendait à sa cabane, fasciné par ce monde magique des couleurs. Des soleils de toutes les tailles qui glissaient ou ondulaient, apparaissaient ou disparaissaient, sautillaient ou retombaient, adaptant leur course en fonction des variations de lumière.

Le soleil et la lune se relayaient dans les hauteurs, et la lumière et l'ombre se découpaient entre les branches de l'arbre, attirant son regard telle une pomme tentatrice. En voyant, apparaître les filaments lumineux orangés et rosés, il tendait la main pour s'y agripper, alors ils le soulevaient et le transportaient à la manière d'un parachute, dispersant autour d'eux des cercles de feu. Dans la journée, ces cercles-là paraissaient dorés, alors que de nuit ils devenaient argentés ; entre les deux, le ballet des couleurs se déchaînait et il sentait sa peau se teinter successivement de rouge, de jaune, de vert et d'une infinie palette de nuances.

La végétation luxuriante donnait matière à des variations sans fin, passant par des dizaines de teintes de vert, qui à un moment finissaient par foncer vers le noir. Par la suite, c'était du bleu qui apparaissait, formant autour de lui des cercles qui ne tardaient pas à virer au bleu clair avant de reverdir une fois la nuit tombée : le vert se muait à son tour en un bleu marine qui, au terme de la transformation, débouchait sur un violet pur. Il passait ses doigts entre les feuilles tremblantes et les caressait.

En hiver, les neiges recouvraient les montagnes, voilant du même coup les sourires des paysans et leurs peaux desséchées. Pour sa part, il refusait d'adhérer à la conception commune selon laquelle la neige était blanche, car les feuilles, en se débarrassant des lourds flocons de glace, lui faisaient voir le monde transparent, délavé de ses couleurs. De ce fait, il avait décidé que la neige était incolore, une caractéristique qu'on pouvait fort bien accoler à d'autres éléments, comme par exemple les yeux de la Rouquine quand elle scrutait le ciel. La neige, il l'appelait donc « l'aveuglante ». À l'inverse, il n'aimait pas que les gens qualifient l'eau d'incolore, car en réalité elle avait la faculté de se parer de teintes multiples et changeantes. Ainsi, il préférait l'appeler « l'assiette de couleurs », la voyant comme un réceptacle qui se pigmentait au gré de son contenu.

Il prenait plaisir à prêter l'oreille aux voix des feuilles et à leur trouver à chacune un nom, comme il aimait aussi humer les baies sauvages, s'allonger dans les bois, jouer avec la lumière et ses variations, sauter entre les rochers, ou bien se réveiller à l'aube les jours de grand froid, afin de contempler les pourtours gelés dessinés par la rosée autour des fruits, comme si ceux-ci se trouvaient soudain emprisonnés dans des gangues de cristal. Il était fasciné par leurs formes arrondies et par les scintillements de lumière qui, avec le lever du soleil, illuminaient les fruits gelés et faisaient miroiter leur halo translucide formé par le givre – il pouvait percevoir dans ce scintillement toutes les couleurs du spectre.

Ces montagnes avaient, semble-t-il, longtemps été un paradis de verdure, jusqu'à ce que les choses changent cinq ans plus tôt, peut-être même avant. Mais lui n'avait pas souvenir de leur apparence passée, il ne voyait que ce qu'il avait sous les yeux. Quand il entendait dire que la montagne était en voie de désertification, cela ne l'affectait pas, car ce que son regard percevait était différent, et suffisait à le combler. La Rouquine jugeait son ressenti bien naturel, puisqu'il n'avait jamais connu ces montagnes du temps de leur splendeur, ce qu'on voyait à présent était le peu qui en avait subsisté. Il aurait fallu qu'il voie le paradis qu'elles avaient représenté un siècle plus tôt !

Parfois, il avait peine à la croire, surtout au vu de son corps rabougri et de ses doigts semblables à des baguettes desséchées qu'elle faisait glisser sur le tronc de l'arbre du sanctuaire. Par exemple, il s'étonnait lorsqu'elle affirmait avoir cessé de pleurer pour éviter que ses sanglots ne restent gravés dans la mémoire des arbres, qui était infaillible. Elle l'avait d'ailleurs mis en garde, un jour qu'il s'apprêtait à fondre en larmes après avoir chuté du haut des branches et s'être fait mal à la jambe : « Ne pleure pas devant lui, lui avait-elle dit sèchement, tu vois ses feuilles comme elles s'agitent ? Ne pleure jamais en présence d'un arbre ! Écoute ce bruit, tu crois que ça vient de ses feuilles ? Mais non, c'est lui qui gémit de douleur. »

À présent qu'il se souvient des remontrances de la Rouquine, il est déterminé à ne pas pleurer. Il se promet, si jamais il parvient à rejoindre le chêne, de se confier à lui.

La Rouquine assurait que les arbres, lorsqu'ils protégeaient leurs semblables, n'avaient pas conscience de ce qu'ils faisaient et n'étaient mus que par leur instinct naturel, sur lequel ils n'avaient guère de libre arbitre. Au fond, ils étaient comme les hommes, qui s'entretuent par instinct.

Elle n'avait pas nié que les arbres étaient capables de mettre fin à leur vie lorsqu'ils se sentaient seuls, les petites branches qui poussaient au bas du tronc finissaient par étouffer mortellement l'arbre atteint.

Mais il se rappelle également que ces arbres jouissent de troncs massifs et solides, plus forts que la roche. Que d'heures n'a-t-il pas passées, enfant, à tremper ses doigts dans leur sève.

Lorsqu'il a atteint la ligne de front et découvert l'arbre, il a aussitôt développé avec lui un lien mystérieux. Leur position étaient protégée par des sacs de sable, mais voyant que ceux-ci le maintenaient à l'écart de son arbre, il s'est affranchi de leur protection, violant ainsi le règlement pour étreindre son ami à sa guise. Lorsque les tirs en provenance de l'ennemi se faisaient plus nourris, il s'abritait derrière le tronc massif. Ses camarades soldats se moquaient de lui, estimant que le poitrail de son ami, déjà criblé de balles, formait un abri bien dérisoire, mais il ne prêtait aucune attention à leurs sarcasmes. Au plus profond de lui-même, il savait que l'arbre était immortel et le protégeait. Cela, il l'a toujours su, du moins jusqu'à cette maudite bombe larguée par erreur.

Maintenant il est inquiet, car les arbres, qui habituellement servent de vigies pour prévenir leurs semblables du danger, ont brûlé, et le chêne là-bas est livré à lui-même, sans doute incapable de détecter une menace – il n'est même pas certain qu'il ait remarqué sa présence.

Il jette un regard vers le côté opposé de la forêt ; là-bas la montagne a brûlé et les cendres s'étendent à perte de vue. Il comprend que le bruit étrange qu'il a entendu en reprenant conscience était le gémissement de la montagne pleurant ses arbres, et non le tressaillement des feuilles. La douleur des arbres, il la connaît, il les a déjà entendus se plaindre, par temps de chaleur comme par grand froid.

Tout à coup, ses sens se mettent en alerte, il a perçu quelque chose et cette intuition lui donne un sursaut d'énergie pour soulever son torse de quelques centimètres au-dessus du sol. Il aperçoit l'inconnu se livrant exactement aux mêmes mouvements que lui pour se propulser vers l'avant.

Le soleil brûlant darde sur lui ses rayons éblouissants, masquant de nombreux détails et l'empêchant de voir à quoi ressemble l'être qui se meut sur le versant opposé. En réalité, parler de « versant opposé » est quelque peu exagéré, car tous deux se trouvent à la même distance de l'arbre, l'autre se déplaçant exactement en miroir de lui, il semble de ce fait proche du gouffre de la vallée.

Il chasse la poussière de ses cheveux et ferme les yeux. En les rouvrant, il voit un visage flotter devant lui masquant la vue de l'arbre, un visage pareil à un nuage, pareil aux nuées qui l'ont accompagné lors des matinées précédentes. Il se voit comme il verrait son image en gros plan dans une glace : ce visage n'est autre que le sien ! Ce qu'il a vu n'était donc pas un soleil qui lui brûlait les joues, non, c'était seulement son propre reflet.

Il identifie clairement ce visage comme le sien ; c'est celui qu'il voyait au fond du vieux puits près du sanctuaire, ou qu'il apercevait dans le petit miroir accroché chez lui – ce miroir qui réfractait le soleil sur le mur en cercles argentés, et lui montrait la couleur de ses yeux. C'est bien son visage qui ondoie, et bientôt c'est son corps entier qu'il peut voir flotter au-dessus de lui. Il se reconnaît, avec ses yeux verts tirant vers le bleu, ses côtes maigres qui ressemblent à des branches sèches.

C'est lui et personne d'autre, il voit même luire au soleil sa chevelure familière, d'une couleur semblable à la tisane à la camomille que leur mère leur servait bouillante pour soigner leurs maux de ventre en hiver. En contemplant ladite chevelure, il se rend soudain compte que son crâne devrait être rasé ! Il retourne à l'observation de lui-même : Ali au crâne rasé fixe Ali aux épais cheveux frisés couleur de miel ! Il reste interdit, plongeant le regard dans ses propres yeux sans parvenir à y lire quoi que ce soit, sinon les scintillements verts et bleus pareils à des éclats de verre brisé. Il se regarde en espérant qu'il ne sera pas aspiré au ciel car il est presque certain désormais d'être face à son âme sur le point d'effectuer son ascension. C'est seulement que son imagination décidément trop étriquée – du moins le croit-il – l'a empêché de vraiment décoller. C'est tout juste s'il a réussi à faire battre ses cils comme les ailes d'un oiseau. Soudain il a un déclic : au fond, il n'a aucune raison d'avoir peur, pour la bonne raison qu'il n'éprouve aucune sensation ; il est vide comme avant sa naissance.

Il sait pertinemment qu'il n'a jamais éprouvé le besoin de suivre telle ou telle piste, ni de connaître la nature précise des éléments qui l'entourent, car cette connaissance-là – ce que les hommes appellent l'instinct animal –, il en disposait naturellement. Il n'a eu nul besoin de quelqu'un pour lui expliquer le monde, car il lui suffisait d'ouvrir les yeux pour voir les oiseaux se poser à l'extrémité d'une branche, sautiller dessus un instant et finalement s'envoler haut dans le ciel, avant de revenir un peu plus tard se poser sur la paume de sa main.

Le voici donc allongé face au soleil, sous les traînes de nuages qui défilent sans cérémonial au-dessus de sa tête. Pour lui, le monde apparaît comme un phénomène à la fois plus délicat qu'une pelure d'oignon et plus solide que le chêne du sanctuaire : un phénomène qu'il serait bien incapable de décrire par des mots, ou par des expressions comme « l'essence de la vie ». Tout ce qu'il sait faire, c'est regarder autour de lui avec un mélange de fragilité attentive et de capacité démesurée à endurer la souffrance.

Il s'abstient de fermer les yeux, déterminé à voir la mort. Il remarque ses côtes qui flottent au-dessus de lui, il faut dire qu'il a énormément maigri au cours des mois précédents, lui et ses camarades mangeaient mal, ce qui ne devait pas les étonner d'après leur officier supérieur, puisque l'armée ne recevait pas de rations suffisantes pour les nourrir. Il se dit qu'il est chanceux, au moins il pourra voir de ses yeux ce qui lui arrive. Vraiment ? Est-ce donc à cela que ressemble la mort ? Elle n'a pas l'air si terrible en tout cas, il l'avait imaginée autrement.

La brume se volatilise d'un coup, remplacée par l'image nette du disque solaire qui lui cause un mal de tête aigu ; par réflexe il lève les bras pour se protéger de cette lumière agressive. L'idée qu'il peut désormais mouvoir sa main gauche sans difficulté le rassure. Il remue les doigts, les approche de ses yeux, laissant filtrer entre eux un fil de lumière ténu qui s'insinue jusqu'à lui. Pour la première fois, il est capable de voir clairement ses doigts et de constater qu'ils sont au complet, ensanglantés mais entiers !

Il prend une grande inspiration, tourne son visage en direction de l'arbre, puis éprouve sa joue du bout des doigts ; il la trouve noyée dans le sang. Le liquide chauffé par le soleil lui a grillé la peau, même si le contact frais de ses doigts lui procure un léger apaisement. Alors seulement il prend conscience de la douleur provoquée par une plaie qui fait goutter le sang de son oreille gauche : une douleur mystérieuse, nichée loin, très loin à l'arrière de sa nuque.

6

Il lève les doigts, puis les replie. Prenant appui de la main sur le sol, il étire son torse. Il imagine l'inconnu en train de l'imiter, aussi se tourne-t-il dans sa direction, mais aucune trace de lui. Il soulève davantage la tête, mais l'homme n'est pas visible.

Il essaie de se remémorer les visages de ses camarades ; serait-ce l'un d'entre eux, que la bombe aurait rendu incapable de parler ou même d'articuler le moindre mot ?

De nouveau il lève la tête, son alter ego est toujours invisible. Cette absence l'oppresse ! S'il en est ainsi, l'autre n'était pas son reflet, quand bien même il doit être vêtu d'un uniforme militaire, comme lui. Mais d'ailleurs, qu'est-ce qui lui fait penser qu'il est en uniforme ? De nouveau il se demande si ce n'est pas lui-même qu'il voit, et si le doute qui l'étreint n'est pas dû à l'éclat du soleil qui l'éblouit momentanément ; cet éblouissement serait bien capable de lui faire imaginer l'inconnu avançant vers lui – nul doute qu'il vient pour le tuer !

Il respire avec difficulté, et des gouttes de sueur brûlantes s'écoulent de son front, il les sent pénétrer dans son oreille, après quoi un liquide gargouille à l'intérieur de son crâne, et des bulles colorées se forment autour de lui, tels des sachets en plastique qui l'étouffent, toutefois sans l'asphyxier car il parvient à respirer.

Il voudrait retourner à sa cabane, il ne demande rien de plus. Mais l'urgence à présent est de se redresser pour se faire une idée plus précise de la situation, sachant que le soleil l'empêche de bien voir – si seulement les nuages pouvaient le masquer un moment. D'un autre côté, si la lumière solaire disparaît pour de bon, il va se retrouver en grande difficulté.

Quelqu'un doit bien être en chemin pour le sauver, on ne va tout de même pas le laisser ici, seul dans la nudité des montagnes, à la merci des hyènes. Il les connaît, avec leurs yeux qui la nuit prennent cette couleur caractéristique, pour les avoir déjà vues éventrer des carcasses d'animaux – jamais encore d'humains, certes, mais il ne doute pas un instant qu'elles viendront le cerner.

Il y a aussi les oiseaux noirs qui tournoient dans le ciel, ce sont peut-être des charognards mais il ne saurait l'affirmer car il ne les distingue pas clairement. Si leur présence était avérée, cela voudrait dire qu'il y a d'autres cadavres dispersés autour de lui. Il ne sait pas jusqu'où ont volé les corps de ses camarades sous l'impact de l'explosion…

Il faut qu'il se lève, qu'il avance, qu'il dégage les feuilles sur lesquelles il est installé et nettoie la zone autour de lui en utilisant ses doigts, voire ses dents.

Il lève la tête, pousse un grand soupir et soulève le torse. Pour la première fois, il peut voir son corps en entier, une moitié recouverte de terre et de feuilles, l'autre bien dégagée, dépourvue de toute blessure – du moins à ce qu'il lui semble. Son poitrail est indemne, ainsi donc il ne va pas mourir ? La plaie doit être ailleurs, mais il ignore où : peut-être dans son oreille ou sous son pied, il n'en a aucune idée. Impossible de localiser la douleur ; il ne sait pas que celle-ci anesthésie les sensations dans le reste du corps. Il sent l'odeur de son sang, ce qui signifie qu'il en a perdu beaucoup. Son corps ne tardera pas à le trahir, lui qui est si malingre et affaibli faute d'avoir pu s'alimenter lorsque la faim lui tenaillait le ventre. Il faut dire qu'il n'a jamais eu suffisamment à manger depuis qu'il a atterri sur cette crête montagneuse, mais contrairement à ses camarades, il ne s'en est pas agacé. De toute façon, il était incapable de manger.

Des douleurs à l'estomac le saisissent. Il les connaît bien, elles se sont déclarées le jour lointain où il a vu un veau courir avec la tête à demi arrachée… Sur le moment, il a senti un poinçon lui perforer l'estomac, provoquant une souffrance semblable à celle qu'il éprouve maintenant, frappant successivement différents points comme pour se présenter à lui à tour de rôle. Il se dit que sa familiarité avec la douleur, conjuguée avec le déferlement de ses souvenirs, est peut-être le signe qu'il meurt à petit feu.

Oui, il lui est arrivé de voir un veau courant avec la tête à demi arrachée ! Les villageois de tous âges s'étaient rassemblés au complet pour immoler le veau promis en sacrifice par Abou'l-Zein. Au moment du déclenchement de la guerre, ils savaient déjà au fond d'eux-mêmes – et n'hésitaient pas à en parler ensemble – qu'il était un homme corrompu. Cependant, quand l'horreur s'était déployée pour de bon, la peur leur avait fait tout oublier, et ils s'étaient ralliés sous sa bannière. Ils étaient un petit groupe sans défense, composé pour la plus grande partie de miséreux, et le cimetière n'avait pas encore fait béer sa gueule géante pour avaler les corps de leurs enfants. Il leur avait dit qu'il offrirait des bêtes en sacrifice pour que Dieu assure à leurs enfants martyrs le salut de leur âme. Bien sûr, ils savaient que lui-même avait expédié ses enfants et petits-enfants hors du pays, ne gardant à ses côtés que son fils aîné Al-Zein, mais, trop démunis pour oser se rebeller, ils n'avaient pu que se taire.

D'angoissantes questions taraudaient Ali à la suite du sacrifice. La main de l'imam du village avait-elle dérapé ? Pourquoi n'avaient-ils pas noué les cordes plus solidement en attachant le veau ? Et où l'animal avait-il puisé une telle énergie au moment de mourir ? Des questions qui le perturbaient et restaient prisonnières de sa conscience. On l'avait autorisé à assister à la scène avec les hommes, car il était déjà un homme pour eux à l'époque. Il les avait vus marmonner des versets coraniques tout en brandissant le couteau sacrificiel.

Les femmes étaient comme d'habitude exclues des célébrations, elles restaient hors du sanctuaire, cantonnées aux tâches de préparation et de cuisson de la viande. Elles étaient toujours reléguées au second plan, que ce soit lors des naissances ou des décès, et il ne s'était jamais demandé pourquoi il en allait ainsi.

Pour lui, cela faisait partie des cycles naturels de la vie, au même titre que l'alternance du soleil et de la lune.

Il était resté au sein du groupe, réussissant à s'approcher du vieil imam pendant que celui-ci procédait à l'égorgement du veau. Il avait pu ainsi observer l'opération dans ses moindres détails : le scintillement du couteau, les yeux de l'animal, son échine, les doigts du patriarche, le coup de couteau éclair, puis le flot de sang et le sursaut de l'animal au moment où les cordes qui lui immobilisaient les pattes s'étaient rompues sans crier gare. L'animal, rendu fou, avait tournoyé sur lui-même en percutant les membres de l'assistance. Ali s'était reculé, il avait remarqué la tête qui ne tenait plus au reste du corps que par une mince couche de peau. L'entaille, bien qu'infligée de manière expéditive, était suffisante pour que l'animal perde son sang et agonise lentement.

N'était-ce pas le couteau qui était la cause de tout cela ? Peut-être l'avait-on aiguisé plus qu'il ne fallait ? Ali n'a jamais oublié cet instant où le veau a chargé dans sa direction, s'affalant de tout son poids sur lui dans un long tressaillement, le sang qui l'inondait et le corps brûlant de l'animal au-dessus du sien.

Il se rappelle les cauchemars qui l'ont assailli ensuite. Il y voyait un veau sans tête marcher au-dessus des nuages et se mettre à le houspiller. Il se rappelle cette masse qui avait failli l'étouffer au moment où le veau agonisait en pesant sur lui de tout son poids avant de rendre son dernier soupir, sa tête pendant au-dessus de lui, l'odeur du sang pénétrant ses narines. Le soir même, il avait brûlé ses vêtements avant de les jeter du haut de la colline.

Ils avaient préparé une grande marmite noire, afin de nourrir le plus grand nombre de familles. Ali sentait l'odeur du blé concassé et de la viande grillée. Il revoit les doigts de l'imam, affairé à noter les noms des familles pauvres auxquelles seraient distribuées les rations.

Cela s'était passé avant l'enterrement de son frère. Oui ! Il se rappelle les déclarations tonitruantes d'Al-Zein, qui leur avait expliqué qu'ils combattaient les ennemis de la patrie et ses traîtres. Des réminiscences fugaces le traversent en ce moment tandis qu'il presse ses doigts sur son ventre. Il se souvient de la frayeur des villageois autour de lui, comment il avait senti le ciel lui écraser la poitrine à l'annonce de ce complot qui se tramait contre eux, ourdi par ceux qui voulaient leur disputer la propriété de la terre, de l'air et de la mer, ceux qu'on appelait « les ennemis ».

À l'époque, il n'avait pas trop compris pourquoi les villageois étaient si effrayés. Quand il les interrogeait sur les raisons de leur panique, certains jeunes du village le traitaient d'abruti. Cet effroi-là les poussait à offrir toujours plus de bêtes en sacrifice, et aussi à invoquer sans cesse Dieu, le président et leurs fils soldats qui protégeaient la patrie. Pour sa part, il observait le phénomène comme on regarde un météore tomber du ciel, son état était en tout cas plus enviable que maintenant.

Il se rappelle que ses douleurs au ventre ont commencé avec l'incident survenu au moment du sacrifice…

L'imam était tombé par terre, tenant encore en main le couteau qui s'était montré si peu délicat. Ensuite, des familles entières s'étaient pressées pour percevoir leur ration de viande. Il y avait des absences notables, plusieurs hommes avaient disparu du village. Il s'agissait, aux dires d'Al-Zein, de traîtres qui haïssaient le président – or quiconque haïssait le président haïssait la patrie. Ils avaient été pourchassés jusqu'à disparaître dans des pays lointains, et on racontait que d'autres avaient disparu dans les prisons, mais cela n'émouvait pas trop les villageois qui savaient déjà que l'affaire ne concernait que trois familles tout au plus, et particulièrement deux individus qui avaient passé leur vie entière en geôle : le premier dans les cachots du président père qui était mort, le second dans ceux du président fils qui aspirait à la vie éternelle.

Bientôt, la rumeur a couru que ces deux-là s'étaient alliés avec les fameux traîtres[1] qui voulaient leur mort à tous, de ce fait, ce n'était pas plus mal qu'ils disparaissent, même si l'un d'entre eux avait été l'instituteur de tous les enfants de la région et si son fils était le médecin du village. Après tout, la loyauté à la patrie valait plus que tous les diplômes, et même plus que la vie de leurs propres fils appelés à mourir. On vivait une époque étrange, marquée par la mort qui planait, omniprésente, au-dessus de leurs maisons.

Ensuite viendrait l'époque où ils cesseraient de dire : « Nous sommes prêts à sacrifier nos vies pour le président et pour la patrie ! » Ils avaient déjà tout perdu : leur terre, leurs fils et parfois leur vie elle-même. Ceux qui avaient survécu n'avaient plus de quoi manger.

---

1. Les opposants au régime syrien issus de ces villages étaient considérés comme traîtres car ayant choisi la Révolution malgré leur appartenance à la communauté alaouite du président.

Il se rappelle le premier hurlement entendu au village – le cri éploré d'une femme, précédant l'apparition du premier cercueil de cette guerre qui, par la suite, a occupé tout son cerveau, y tournant comme une clé rouillée actionnant une serrure. En entendant ce hurlement aussi tranchant qu'une lame de couteau, les villageois ont compris que leur village venait de connaître son premier martyr.

Il se rappelle le pincement au ventre éprouvé au spectacle du sacrifice, le même pincement qu'il ressent en ce moment même. Pourtant, il n'a pas vu aujourd'hui de veau à la tête à demi arrachée passer devant lui, pas plus qu'il n'a entendu de cri de femme. En revanche, il a senti de nouveau l'odeur de viande grillée.

Il se hisse sur ses coudes et soulève sa tête un peu plus haut, l'autre là-bas accomplit exactement le même geste. Ali attrape sa manche avec les dents, mais elle se déchire, de sorte qu'il ne parvient pas à se défaire de ses vêtements mais il entend ses dents grincer sur le tissu rêche.

Une brise se met à souffler et il perçoit un bruissement du côté de l'arbre. Le chêne est certes tout proche, mais cela ne vient pas de lui, plutôt des bosquets situés au pied de la colline, toutefois trop éloignés pour qu'il songe même à les entendre. Il voit les feuilles nervurées de son chêne s'enrouler autour de lui, et cette caresse le remplit d'aise, même s'il sait qu'elle n'est qu'une illusion qui se pare à ses yeux de réalité. Elles ont quelque peu atténué la brûlure du soleil, et Ali a ainsi cru que ce qui lui arrivait était réel, qu'il s'était véritablement rapproché du chêne et que celui-ci l'avait récompensé en enroulant ses feuilles autour de sa tête pour lui dispenser cette ombre protectrice.

Si seulement l'arbre pouvait marcher jusqu'à lui ! Hélas il est bien enraciné. C'est aux humains qu'il appartient d'aller à lui et non l'inverse, or il est incapable de marcher. Pire, plus personne ne se souvient de lui, et il ne recevra aucun secours.

Il se rappelle soudain son camarade, celui qui était à ses côtés au moment de l'explosion et qu'il a vu effectuer un vol plané dans la direction opposée. Peut-être est-il cet inconnu qu'il distingue de l'autre côté ? Si au moins il avait son fusil, il se sentirait plus en sécurité. Il le revoit volant dans les airs avant d'atterrir à bonne distance. Oui, le fusil s'est envolé lui aussi, et n'est plus visible, de sorte qu'il n'a rien à proximité qui pourrait faire office d'arme pour se défendre, pas même une branche morte. Même les insectes qui vrombissent autour de lui, il ne peut pas les chasser.

Tout à l'heure il a aperçu un essaim de mouches – mais s'agit-il vraiment de mouches ? En tout cas, les bestioles tournoyaient au-dessus d'une sorte de monticule. Il a préféré ne pas penser qu'il pouvait s'agir du cadavre déchiqueté de son camarade.

En aiguisant son regard, il distingue, sur la trajectoire menant à l'arbre qu'il est en train de parcourir avec extrême lenteur, une main dépliée. Une main unique, tranchée net, avec au-dessus l'essaim de mouches. Éloignée, mais au fond moins qu'il n'y paraît.

Combien de temps a passé depuis qu'il est ici ?

Il entend un bourdonnement et se rend compte qu'il y a comme un grouillement d'insectes au bas de ses jambes, peut-être ses pieds ont-ils été tranchés. Sans pieds, comment fera-t-il pour grimper à l'arbre ? Comment fera-t-il pour courir dans la forêt ? Et si ce n'est pas le cas, comment expliquer qu'il ne parvienne pas à se mettre debout ? Il tend la main, palpe son ventre, essayant de sortir les pans de son gilet militaire de la ceinture bien serrée, mais il est trop faible pour accomplir cette manœuvre, aussi se contente-t-il de tapoter la peau de son ventre, dans l'idée de s'assurer que celui-ci ne comporte pas de plaie béante.

Il pousse un cri en voyant les insectes – des mouches, il en est à peu près sûr désormais – s'envoler subitement au loin. La panique le saisit à l'idée que des serpents circulent par ici. Ce n'est pas qu'il craigne les reptiles qui pourraient surgir dans cette zone, non, les seuls dont il a peur, ce sont les serpents des plaines, du côté de la ville, là où il a travaillé un temps avec son père. Les serpents des montagnes ne lui font pas peur, du moins si ce sont celles de son village. Cette montagne-ci a beau ne pas être très éloignée de chez lui, il ne la connaît pas bien, pas plus qu'il n'est familier de sa faune ; quant à ses arbres, il n'entretient pas avec eux de lien particulier. S'il avait été dans sa montagne à lui, jamais il n'aurait eu peur des bêtes, quand bien même elles l'auraient attaqué pour le déchiqueter.

Il est parcouru d'un frisson, qui amplifie les battements de son cœur. Ce qu'il ne sait pas, c'est que la mémoire est un fléau.

Il se souvient que le veau était noir, avec des taches blanches au niveau du front, il était de petite taille et mignon, du moins jusqu'à ce qu'il soit transformé en nourriture et finisse dans l'estomac des villageois. Lui, pour sa part, n'avait pas pris une seule bouchée du plat de viande mélangée au blé concassé que sa mère leur avait préparé à partir de leur ration.

De temps à autre, il lui arrivait de voir, assis sur sa terrasse, un veau égorgé planer dans les airs, ses grands yeux noirs lançant ce regard suppliant tout en fondant vers lui. La bête surgissait depuis le sommet de la montagne opposée et fendait l'air précipitamment avant d'atterrir sur la terrasse non loin de lui, sans lui adresser la parole. Dès qu'il le voyait, il détalait hors de la maison, traversait le village à toutes jambes et ne s'arrêtait qu'une fois arrivé sur le versant opposé de la montagne. Il restait ainsi à l'écart de leur maison jusqu'à ce que vienne le soir.

Ali était d'ordinaire un garçon calme, tellement calme que Nahla avait surnommé son fils « le sage » et lui vouait une sorte de respect craintif, mais parfois elle le voyait dégringoler de la terrasse et se mettre à courir à perdre haleine jusqu'à disparaître entre les arbres. Lorsqu'elle lui demandait ce qui lui avait pris, il ne répondait pas. Elle grommelait qu'il tenait ce mutisme de sa tante maternelle, qui avait travaillé comme bonne au service d'Abou'l-Zein. Il restait coi, repensant à cette jolie tante qui ne s'était jamais mariée, et qu'il n'avait jamais vue se tenir droite. Il la revoyait, toujours voûtée, travaillant aux carrières de pierre ou bien nettoyant la maison – tantôt allongée dans la chambre sur le lit au matelas en mousse, tantôt transportant des sacs qui lui brisaient le dos, jusqu'au jour où elle avait soudainement disparu…

Son cadavre avait été retrouvé au pied du talus. Selon sa mère, elle s'était jetée du haut de la colline, car elle était persuadée de posséder des ailes – elle l'avait toujours affirmé à qui voulait l'entendre. Pour sa part, il la croyait, et il savait qu'elle disait vrai car il l'avait souvent vue, dans ses rêves, voler dans les airs.

Si seulement il pouvait lui aussi battre des ailes jusqu'à l'arbre ! N'est-il pas comme sa tante après tout ? Tous les gens du village affirmaient qu'il lui ressemblait, ils l'appelaient « la Muette » parce qu'elle ne parlait que très rarement. Pourtant, il savait pertinemment qu'elle n'était pas muette. Et puis, elle devait avoir ses raisons pour penser qu'elle était pourvue d'ailes capables de la faire voler. Cette information, elle l'avait glissée à l'oreille de sa sœur un jour seulement avant sa disparition, ajoutant qu'ils devaient tous quitter ce village maudit, et aussi qu'elle ne supportait plus de servir dans la maison d'Abou'l-Zein. Mais pourquoi repense-t-il à elle maintenant ?

Il a cru un instant qu'il était muni d'ailes qui l'emportaient jusqu'à l'arbre, mais ce chatouillement qui le met à la torture n'est pas causé par des appendices qui lui auraient poussé, plutôt par les petites pattes d'insectes qui broutent au milieu des poils de son torse, s'apprêtant à le dévorer.

Ainsi, il n'est pas près de s'envoler !

Il reste rivé au sol, avançant avec lenteur. À ce rythme-là – quelques centimètres à chaque mouvement – la nuit tombera avant qu'il n'atteigne l'arbre, et les hyènes le dévoreront vivant. Mais non, les hyènes ne te dévoreront pas, c'est toi qui les dévoreras ! lui souffle une voix. Il sait qu'elle est le fruit de son imagination, ce n'est pas sa mère qui lui parle ainsi.

Il s'accroche à une motte de terre et se soulève pour parcourir quelques centimètres de plus. Il remue les doigts, puis les trempe dans son sang et les ramène devant ses yeux pour les examiner.

Pourquoi est-il ici ?

Pourquoi n'a-t-il pas fait comme le fils de leurs voisins qui s'est enfui ? Était-ce la honte ? Et qu'est-ce que cela signifie, la honte ? À moins que ce soit la peur, ou autre chose encore... Est-ce que tout cela en vaut seulement la peine ? Avant de disparaître, la Rouquine l'avait supplié de quitter le village. D'ailleurs pourquoi a-t-elle disparu ? Et pourquoi a-t-il assisté à sa disparition sans réagir ? L'aurait-il oubliée ? Il n'arrive pas à comprendre ce qu'il s'est passé.

Le bourdonnement des idées le torture. Il scrute les quelques mètres devant lui, refusant de croire que toute l'existence qu'il lui reste se résume à ce court tronçon.

Alors qu'il plante les dents dans une motte de terre, il est subitement perturbé par un bruit qui a retenti à proximité. Il jette un regard vers l'autre côté : c'est l'inconnu !

Quatre montants noirs dressés dans le ciel lui apparaissent, dessinant à travers les rayons du soleil enflammé la silhouette d'une créature fabuleuse. Voyant qu'il s'agit assurément d'un animal et non d'un homme, il se laisse retomber doucement, soulagé : au moins il ne s'agit pas de l'ennemi, pas d'armes en vue. Quant aux hyènes, elles ne se montrent jamais en plein jour. Et puis, il n'est tout de même pas mort pour que les charognards s'approchent ainsi et plantent leurs dents dans son cadavre !

Les quatre montants ne tardent pas à disparaître, remplacés par des colonnes de lumière, il comprend alors qu'il ne s'agissait que d'illusions d'optique causées par le soleil.

Il fixe l'inconnu, dont la tête se soulève en même temps que la sienne. Il a dû parcourir en rampant une distance plus grande qu'il ne l'aurait cru, car ses yeux distinguent les branches de l'arbre, désormais tout proche. Cela lui procure un sursaut d'énergie : il lève les bras comme pour s'élancer vers l'arbre, mais retombe brutalement au sol. Avant de sombrer dans l'inconscience, il revoit la fameuse main – oublié le veau à la tête à demi arrachée. En une seconde, il comprend qu'en venant heurter le sol, sa tête s'est retrouvée précisément au creux d'une large main d'homme. Et dans la même seconde, qui par sa concision, sa fulgurance et sa banalité, ressemble à la mort, il acquiert la certitude que cette main est un lambeau du corps de son camarade, le soldat avec qui il se trouvait au moment où l'avion a largué sur eux la bombe.

7

Un haut-le-cœur le saisit au contact gluant de cette main enveloppant sa tête, et ses lèvres se mettent à trembler. Il entreprend de reculer en jouant des épaules afin de lui échapper, même si ces mouvements l'éloignent de l'arbre.

Continuant de glisser pour se mettre à l'abri de l'horrible main, il expérimente un de ces moments aussi récurrents que l'écoulement des eaux du fleuve en bas de la vallée, un moment où la douleur l'incite à parfaire chaque fois un peu plus la connaissance qu'il a de lui-même, comme s'il gravissait des escaliers, empruntait des sentiers ou ouvrait des lucarnes. Alors qu'il essaie péniblement de respirer, il se mord subitement la langue, ce qui lui rappelle aussitôt un incident semblable survenu dans le passé. Il s'en souvient bien, oh oui : il s'était mordu la langue de la même façon après la raclée que son père lui avait infligée avec la canne en grenadier !

À l'époque, Ali avait fini ses six années d'école élémentaire et venait d'intégrer le collège de la bourgade voisine, car dans son village l'enseignement n'allait pas plus loin que le primaire.

Lui et plusieurs de ses camarades devaient donc effectuer quotidiennement le trajet jusqu'au village en question. Ce n'était pas vraiment un voyage, mais plutôt un trajet d'à peine une demi-heure en car, qui cependant n'avait pas été du goût d'Ali. La perspective de se rendre dans ce collège bardé de hautes murailles l'oppressait, et il détestait monter à bord du minibus blanc, où il étouffait au milieu de la cohue des enfants. Mais Nahla ne lui avait pas laissé le choix, lui interdisant d'effectuer le trajet à pied comme il l'aurait voulu.

Ali, recroquevillé sur son flanc après s'être mis à distance de la main tranchée, porte son regard vers l'arbre. À l'époque où il fréquentait le collège, il pouvait sentir ses pieds lorsqu'il courait aux côtés des autres élèves, alors qu'aujourd'hui il n'en est plus capable. Pourtant, c'était il n'y a pas si longtemps, cela remonte peut-être à sept ou huit ans. Il ne peut être plus précis, car il a vraiment oublié son âge, il est encore bien jeune pour perdre ainsi la tête.

S'il s'était soumis bon gré mal gré à la volonté de Nahla en acceptant d'aller à l'école, Ali ne faisait rien pour dissimuler son agacement d'avoir été ainsi plongé de force au milieu d'enfants qui ne cessaient de vociférer. Il se posait maintes questions. Pourquoi devait-il impérativement agir à l'unisson des autres élèves ? Et qui décidait de ce que devaient faire ou ne pas faire les enfants ? Au fond, il haïssait le langage des hommes, leur manière de parler, d'écrire, de s'exprimer. En résumé, il n'aimait pas leur façon de s'arranger avec leur existence, même s'il aurait été bien incapable de l'expliquer clairement. Qui donc avait décrété qu'il devait impérativement être comprimé au milieu des autres dans une pièce commune qu'ils appelaient « salle de classe », ou bien un réduit qu'ils appelaient « maison » ? Tous ces questionnements restaient prisonniers à l'intérieur de sa tête. Nahla n'y prêtait aucune attention : elle était de toute manière déterminée à ce que ses enfants poursuivent jusqu'au bout leurs études, grâce à quoi ils obtiendraient des emplois de fonctionnaires, des épouses et des enfants.

Son père, lui, n'accordait guère d'importance à ce sujet ; en tout cas c'est l'impression qu'il lui donnait, ce qui pour Ali était plutôt positif car, après tout, traverser les événements de la vie sans trop s'appesantir avait aussi du bon. En ce sens, il considérait son père comme quelqu'un de « léger », une qualité qu'il trouvait bienvenue.

Même s'il ne connaissait pas ce terme, Ali était lui aussi capable de légèreté, mais chez lui elle s'était exprimée – et continuait de s'exprimer – d'une autre façon, qui consistait à laisser le temps décider, à s'abandonner à cette vie qu'il aimait tant et à se laisser captiver par ses éléments : le vent, les arbres, le ciel, les nuages, les gouttes de rosée solidifiées par le gel qui pendaient des branches tels des lustres, les libellules, les chenilles, les herbes qui poussaient entre les roches, et puis… et puis…

Inutile de les énumérer tous, car personne ne pouvait comprendre ce qu'il cherchait à exprimer. Sa mère le gronderait, et quant à son père, il userait de son seul mode de communication avec lui, à savoir la canne en bois de grenadier. Une distance s'était creusée entre lui et ce géniteur qui sortait le matin pour ne rentrer que le soir, et longtemps il n'avait pas su comment y remédier. Jusqu'au jour où il s'était mis à l'accompagner dans ses sorties, pour s'apercevoir qu'elles n'avaient rien des grands voyages qu'il avait imaginés.

Toujours est-il qu'il se souvient à présent de la douleur cuisante ressentie à la suite de ces raclées, semblable à celle qu'il ressent en ce moment après s'être mordu la langue jusqu'au sang. Son corps transpire sans interruption, et le flux des humeurs salées se déversant dans son œil ne fait qu'accroître la soif qu'il éprouve depuis qu'il a repris connaissance.

Il préfère fixer son esprit sur autre chose : le fait que la douleur ne soit pas précisément localisée. Peut-être qu'en ce temps-là son corps n'était pas aussi réceptif qu'il ne l'est aujourd'hui, toujours est-il que les coups qu'il avait reçus de partout lors de l'incident ont marqué sa mémoire de manière indélébile.

C'est la semaine de la rentrée des classes qu'il vit tout son univers familier basculer d'un coup. Le collège fourmillait de nouvelles têtes, jeunes garçons et filles venus des villages alentour, et pour quelques-uns du hameau local, qui avait grossi jusqu'à devenir une bourgade. Il resta seul, s'abstenant même de se mêler aux enfants de son village, puis gagna sa place habituelle au fond de la classe.

Il s'y installa dans le calme, juste un peu trop renfermé par rapport à l'attitude qu'on aurait attendue d'un garçon de cet âge. Il redoutait par-dessus tout d'entendre la fameuse phrase régulièrement proférée pour punir les enfants à l'école, la phrase magique qui avait perturbé son sommeil et lui avait donné tant de cauchemars.

Oui, cette phrase où il était question du sol qui allait se fendre et avaler les enfants. Il priait pour que son professeur ne la prononce pas de nouveau. Il n'était pas un garçon foncièrement désobéissant, et recevait suffisamment de coups de son père pour savoir qu'il avait intérêt à filer droit. Mais tout cela n'avait plus d'importance désormais, car il ne voulait plus qu'une chose : retourner à sa cabane. Qu'on lui permette seulement de quitter ce monde et de vivre au milieu de ses arbres, et il serait heureux.

Son rêve, c'était de voir son père se transformer en petit enfant et lui en adulte, échangeant ainsi leurs rôles. Au départ, cette inversion relevait d'un simple jeu de son imagination, mais par la suite il s'était vraiment mis en quête du miracle grâce auquel il pourrait le faire advenir. Il avait interrogé la Rouquine pour savoir si on pouvait apprivoiser le temps et le manipuler, de manière que lui devienne adulte et que son père rapetisse à la taille d'un enfant.

Contre toute attente, elle avait pris sa question très au sérieux, et lui avait fait savoir gravement que la chose était rigoureusement impossible, sauf dans un cas : si son père mourait et renaissait au sein d'une autre famille ; alors seulement l'interversion rêvée par Ali pourrait se réaliser. Cela n'arriverait toutefois que si la réincarnation de son père se faisait sous forme humaine – ce qui pour elle était loin d'être acquis dans la mesure où il ne méritait pas un tel honneur. De toute manière, ce scénario ne cadrait pas avec la vision d'Ali, qui était persuadé que son père ne mourrait jamais. « Mais les pères ne meurent pas ! » avait-il objecté tristement.

Là-dessus il s'était résigné à l'idée que son rêve ne s'accomplirait pas, et avait fini par l'oublier.

Lorsqu'on l'avait jeté, à l'âge de douze ans, dans un nouveau collège bondé d'inconnus, il s'était dit que Nahla, avec sa manie de tout régenter, était la cause de ses problèmes. Les inconnus en question étaient rebutés par cet étrange garçon au nez crochu et aux cheveux couleur miel qui ne leur adressait pas la parole. Quant à lui, il les voyait comme des étrangers, même s'il sentait que leur situation ne différait guère de la sienne. Eux aussi parcouraient de longues distances pour être entassés dans cet assemblage de salles de ciment que les adultes appelaient « l'école ».

Les premiers jours se passèrent sans trop de difficultés, même s'il était perturbé d'avoir non plus un seul maître, mais plusieurs, chaque matière ayant désormais son professeur. Son petit frère, qui était parmi les élèves les plus consciencieux du village, lui avait expliqué par la suite que c'était parfaitement normal : maintenant qu'ils avaient grandi, il leur fallait développer leurs connaissances dans les différentes disciplines. Il l'avait aussi rassuré sur le fait que, dans un an à peine, lui-même le rejoindrait au collège, ainsi il ne serait plus seul.

Le frère cadet, par son assiduité et ses bons résultats, faisait la fierté de sa famille qui allait, grâce à lui, pouvoir garder la tête haute ; il poursuivrait ses études jusqu'à l'université et ne serait pas comme Ali, entraîné de force vers cet endroit où les avions les bombardaient par erreur. Nahla elle-même ne le traitait-elle pas d'« enfant des bois », et de « fils de hyène » ?

Cette insulte, elle la lui lança au visage lorsqu'il lui fit savoir sans ambages qu'il ne désirait plus retourner à l'école : « Mais, fils de hyène, tu vas vivre où, si tu ne finis pas tes études ? Dans la jungle avec les bêtes sauvages ? » Il acquiesça avec plusieurs hochements de tête. Comme elle ajoutait que s'il renonçait à étudier, il resterait toute sa vie employé au service des autres, et devrait accompagner son père pour travailler dans la vallée, il hocha de nouveau la tête frénétiquement. Pour échapper aux cris de sa mère, il finit par partir seul dans la forêt et ne rentra que le soir, après avoir passé toute la journée nu près de la rivière, au fond de la vallée. Il aimait s'y baigner, malgré le faible tirant d'eau depuis quelques années.

Y a-t-il une rivière ici ? Peut-être n'aura-t-il jamais le temps de pleinement découvrir cet endroit. Lorsque lui et ses camarades soldats traversaient la forêt, remontant du fond de la vallée vers le sommet de la montagne en s'orientant à la lumière qui filtrait par le feuillage des arbres, à aucun moment ils n'avaient senti la présence d'un cours d'eau. Ils se trouvaient sur une ligne de front dans les montagnes de Lattaquié, là où des milices opposées au régime avaient pris le contrôle de certains villages, lorsque leur officier supérieur leur a donné ordre de partir de nuit. Il ne savait rien de ces milices, excepté ce qu'il en avait vu sur certaines des vidéos que s'échangeaient les villageois. Elles montraient des hommes affublés de longues barbes et vêtus d'habits étrangement amples, qui brandissaient haut leurs armes en menaçant de les égorger et de les exterminer un par un.

Ses camarades étaient terrifiés, mais pour sa part il ressentit une certaine euphorie quand on leur donna ordre d'aller au front. Il était fasciné par cette traversée de la forêt qui les amenait à escalader la montagne avant de redescendre vers la vallée. Il faut dire qu'à l'époque il avait ses deux pieds. Il aimerait bien s'assurer que c'est toujours le cas, leur jeter un simple coup d'œil pour voir s'ils sont là – il suffirait qu'il se soulève un peu. Hélas son dos est paralysé. Lors de sa deuxième semaine d'école, il sentait encore ses pieds. Il était en train de quitter le monde de l'enfance…

Il s'était assis au dernier rang de la classe, inattentif à ce que disait le professeur, lorsqu'il sentit brusquement un coup s'abattre sur sa nuque. En reprenant ses esprits il aperçut la bouche du professeur qui se déformait pour expulser un torrent de paroles incompréhensibles. Les autres élèves autour de lui étaient tétanisés, il s'attendait à ce qu'ils se moquent de lui mais ils n'en firent rien. Il se contracta dans l'attente de la fameuse phrase, cette phrase qu'on leur martelait depuis si longtemps pour un oui ou pour un non, et en effet il finit par l'entendre distinctement au milieu du déferlement d'invectives du professeur.

Depuis quelque temps, Ali avait changé. Il avait désormais du poil au menton, et une fine moustache de poils luisants et dorés commençait à se former au-dessus de ses lèvres. Il effectuait seul le trajet d'un village à l'autre, libre de faire ce que bon lui semblait puisque des poils lui avaient poussé au bas-ventre et que ses membres s'étaient allongés. La transformation ne touchait pas seulement son nez crochu, même sa voix était devenue plus rauque, et il avait envie d'en découdre avec ces monstres qui jaillissaient du sol pour l'avaler depuis qu'il s'était éveillé au monde.

Ali n'émit pas un cri malgré la douleur provoquée par le coup sur sa nuque, tout ce qui sortit de lui, c'était ce maudit sifflement. Il ne réussit même pas à bafouiller le texte que lui demandait de lire le professeur, ce qui incita ce dernier à lui arracher le manuel et à l'abattre sur son dos, avant de recourir une nouvelle fois à son expression favorite : « Alors, tu lis ou je continue de te frapper jusqu'à ce qu'un monstre sorte du sol et t'avale ? »

Selon le récit qu'en feraient ses camarades de classe, Ali reprit son manuel, qu'il jeta à la figure du professeur avant de se mettre à sauter sur les sièges. Il souleva sa chaise, et après l'avoir retournée, l'expédia dans la fenêtre, brisant la vitre. Les élèves se dispersèrent, épouvantés, pendant qu'Ali balançait la chaise et le pupitre à la figure du professeur. Ils revinrent ensuite s'interposer, mais ni eux ni leur enseignant ne réussirent à l'arrêter, il trépignait et s'arc-boutait contre eux en gardant les yeux clos. S'il avait pu atteindre la gorge du professeur, il y aurait planté les dents, mais l'homme le gardait à distance en lui tenant le cou avec ses mains, pendant que les élèves s'acharnaient sur lui. Les coups pleuvaient de toutes parts, et il vit des étoiles chuter du ciel, tandis que le professeur lui décochait gifles et coups de poing sans cesser de l'insulter. Si le directeur de l'école n'était pas entré dans la classe pour le mettre à l'abri de leurs coups, ils lui auraient probablement brisé les os.

Ali se souvient des questionnements qui ont taraudé sa conscience pendant de longues années. Pourquoi le professeur s'était-il acharné à le frapper en même temps que les autres élèves ? Et pour quelle raison s'étaient-ils tous spontanément ligués contre lui ?

Ledit professeur, originaire d'un village voisin, était un militant du parti au pouvoir. Au cours des années de guerre qui ont suivi, il allait devenir l'artisan de la coopération avec le réseau des milices et aussi des relations entre membres du parti, se livrant à des activités dont personne ne connaissait la nature exacte.

Ali, pour sa part, ne le reverrait plus jamais, mais il entendrait parler de lui, sachant que sa notoriété avait atteint des sommets. Il ne serait pas seulement redouté par les enfants, mais aussi par les adultes, pleinement au fait de l'homme de pouvoir qu'il était devenu.

Son nom était sur toutes les lèvres. On répétait qu'il était le trait d'union entre des autorités supérieures, chargées de commanditer, et des autorités inférieures, chargées d'exécuter. Selon d'autres, il appartenait aux services secrets. De toute façon, personne ne connaîtrait jamais la source de ces rumeurs, puisque le professeur qui s'était employé à frapper Ali sans relâche, jusqu'à ce que le directeur d'école le délivre de ses griffes, oublierait l'humiliation que l'adolescent lui avait infligée en faisant voler en éclats son aura d'enseignant devant les autres élèves, de même qu'Ali oublierait quant à lui la sortie finale du professeur : « Je jure par Dieu de te mettre une telle correction que même ces montagnes n'oseront plus lever le petit doigt, espèce de mauviette, espèce de raclure… L'État ici, c'est moi ! »

Par la suite, Ali serait bien incapable d'identifier les contours de ce fameux État qui restait invisible, sans que cela empêche une multitude de gens de parler en son nom.

Malgré tout, il arrivait à Ali de sourire en repensant, non sans fierté, à la manière dont il avait frappé en pleine face ce professeur, pour le punir d'avoir voulu exhumer ces monstres déterminés à avaler les élèves. À la suite de l'incident, Ali avait quitté l'école, et il se félicitait *a posteriori* de s'être rebellé contre les monstres en question.

Il se remémore à présent les journées entières qu'il a passées cloué au lit, perclus de douleurs. Au moins, la période noire où il était exposé à entendre à tout instant la funeste expression était révolue.

Il s'était persuadé que les professeurs de l'école ressemblaient aux hyènes de la jungle, et leur vouait de ce fait une détestation que sa famille avait du mal à comprendre. Lorsqu'il s'était enhardi un jour jusqu'à déclarer à Nahla que les professeurs des écoles étaient des espions à la solde des monstres qui habitaient le sous-sol de la Terre et avalaient les enfants, elle avait éclaté de rire, faisant fi de ses propos. Elle pensait que cette lubie lui passerait, exactement comme tout dans la vie passait, tant et si bien qu'elle se demandait si cette vie avait jamais eu lieu. Et de fait, elle avait fini par oublier, son entourage avait également fini par oublier, et quelques mois plus tard Ali lui-même avait fini par oublier la raclée à laquelle il avait eu droit.

Il s'estimait guéri, au moins il ne serait plus jamais obligé de demeurer dans cet endroit appelé « école », ni de se mélanger à ces élèves inconnus qui l'avaient roué de coups. Quant à sa famille – sa mère, ses frères et sœurs, et son père –, elle avait au moins leur fils cadet pour leur faire oublier l'indiscipline d'Ali et pour toucher du doigt un rêve. Car oui, ils pouvaient enfin nourrir l'ambition d'avoir un enfant instruit qui irait à l'université.

Ali oublierait que son père l'avait ligoté au tronc du chêne et l'avait frappé avec la canne en grenadier, punition qu'il avait dû endurer une nuit entière. Toutes les heures, son père venait le voir pour lui demander s'il était prêt à présenter ses excuses au professeur et à retourner en classe. Ali, entravé à la taille par des cordes, répondait en émettant son sifflement habituel et en levant les yeux vers les hauteurs, sans daigner regarder son père. La scène s'était répétée plusieurs fois, sans que jamais Ali renonce à lever la tête bien haut pour la détourner du visage paternel, et à scruter fixement les branches de l'arbre ; alors, ivre de colère, le père recommençait à frapper. Durant la raclée, Ali continuait d'émettre son sifflement, les yeux rivés sur les hautes branches et les reflets de la lumière, fasciné par la manière dont celle-ci jouait avec les feuilles. À la fin de cette nuit interminable, Nahla viendrait défaire les cordes et soigner les plaies laissées par la canne du père et avant cela par les coups du professeur et des élèves – sans qu'il s'arrête jamais de siffler et de siffler encore.

Pour l'heure il est incapable de siffler, ses lèvres sont engourdies comme si elles étaient elles aussi entravées par d'épaisses cordes. S'il veut avancer désormais et retrouver sa position antérieure, celle qu'il occupait avant de reculer pour s'éloigner de la main tranchée, il n'a plus qu'à prier pour un miracle. Il lui faudrait se soulever et projeter sa tête plus haut qu'avant, car le soleil n'est plus visible au milieu du ciel, et lui, fort de sa capacité à mesurer le passage des heures aux variations de la lumière, sent que son temps est en train de s'épuiser.

Il concentre ses efforts pour propulser son torse vers l'avant, et parvient ainsi à se repérer dans son environnement ; il aperçoit furtivement ces appendices qu'il appelle « mes pieds », mais cela ne dure qu'une fraction de seconde avant que sa tête ne bascule de nouveau. Donc il les a encore, ils n'ont pas été amputés. Certes, mais s'ils étaient déchiquetés sous l'amoncellement de feuilles ?

Ensuite, ce sont ses bottes que capte son regard. Il parvient enfin à tousser, sa respiration, qui jusque-là était laborieuse, s'est libérée lorsqu'il a senti au bout de ses pieds le poids des bottes montantes, et qu'il a pu vérifier de ses yeux leur présence : c'est signe qu'il va pouvoir marcher.

Mais quelle est donc cette masse qui pèse sur ses genoux et les paralyse ? Il soulève la nuque et aperçoit comme un tas compact, un instant il ressent de l'effroi tandis que surgit à son esprit la vision du corps de son camarade projeté dans les airs, mais après quelques secondes, il comprend que c'est seulement un sac de sable, de ceux qui servent aux fortifications de défense. Néanmoins, le poids du sac va entraver ses mouvements, il lui faut à tout prix s'en débarrasser.

Il inspire profondément puis retient son souffle, avant de réitérer l'opération plusieurs fois, s'astreignant à un rythme régulier : prendre une inspiration profonde puis se soulever comme quelqu'un qui sortirait de sa tombe.

Il replie les genoux et imprime une rotation énergique à son torse, ce qui lui permet de faire glisser à terre le sac de sable. Il a recouvré sa liberté de mouvement, et se retrouve recroquevillé sur son flanc droit. Il débarrasse son corps de tous les branchages et des feuilles qui le couvraient, ainsi que des résidus de sable laissés par le sac.

À présent, il peut voir tout son corps tel qu'il l'avait imaginé, depuis la racine des cheveux jusqu'au bout de ses rangers.

8

Ali a du mal à savoir qui il est. Des séquences de sa vie lui reviennent par bribes. Il a oublié qu'il doit envisager son existence en tant que membre d'une communauté humaine vivant selon les règles de la montagne, qui se sont bâties progressivement au cours des siècles.

Il ne lui est jamais venu à l'esprit d'examiner la physionomie de son visage, de son nez, de ses pieds, ni de s'interroger pour savoir d'où lui viennent ses traits durs, ou bien qui il est en réalité, ou encore pourquoi il devrait absolument être une partie au milieu de ce tout. Il ne lui est jamais venu à l'esprit de s'en remettre à ces chimères auxquelles les autres recourent inlassablement, faisant mine de savoir exactement à quoi ils aspirent dans la vie, aspiration qu'ils nomment « mon espoir » ou « mon objectif ».

Dans son état d'immobilité forcée, tandis qu'il fixe l'arbre et l'inconnu en vis-à-vis, il est ramené à des plaisirs simples. Oh, il s'abstient de se focaliser sur la course du soleil ou de songer à ce qui s'ensuivrait s'il s'éteignait, et si leur planète disparaissait de l'Univers – puisqu'il semble que tout soit voué à évoluer et à muter sans préalable ni explication. Non, ses vrais plaisirs, ce sont les arbres, le vent, les nuages, les montagnes, la pluie, les étoiles, les odeurs et puis la lune. Il se préoccupe de tout ce qui lui permet de n'entendre aucun autre son que ses voix intérieures. Ce qu'il apprécie par-dessus tout, comme il aime à se le répéter, ce sont les éléments premiers, qui s'imposent par leur seule présence, ils n'ont nul besoin de paroles superflues. C'est pour cette raison qu'il n'a pas ressenti d'affinité particulière avec les animaux et qu'il s'est abstenu de traquer les oiseaux.

Le vent occupe une place privilégiée dans son cœur, car il a appris à le connaître davantage encore que les nuages, la pluie et la neige. Il boit le vent, l'engloutit comme une denrée comestible lorsqu'il passe le long de ses joues avant de se loger dans sa bouche ouverte. Il le déguste littéralement, le mastique puis finit par l'avaler pour le conserver en lui, à l'intérieur de son ventre. Il est capable de déterminer dans quelles directions il souffle même les yeux fermés, et aussi d'estimer la charge de pluie qu'il recèle avant même que celle-ci ne se mette à tomber, enfin de pressentir, à son degré de froidure, si la neige va arriver.

Oui, le vent est un constituant primordial de son existence, au même titre que les arbres et les nuages. Mais le fait est qu'auparavant, il n'avait jamais pensé à tout cela, car la question ne se posait pas de savoir si ces éléments étaient indispensables ou non à son existence : il pensait que la vie se vivait, tout simplement, sans qu'il soit besoin de plus.

Tant qu'il ne quittait pas ses arbres et son environnement favori, il éprouvait un profond sentiment de sécurité. Ses pauses quotidiennes sur la terrasse au-dessus de la maison, en toute saison, loin de la famille et des voisins, étaient une composante essentielle de sa personnalité, sans que lui-même en ait conscience.

Dans l'obscurité opaque de ses nuits, tandis qu'il était étendu, il regardait ses côtes se soulever au même rythme que les étoiles, et sentait son âme s'éplucher telle une poire. Voilà ce qu'il voulait et rien d'autre : rester ainsi pour toujours.

À présent, il songe à ce qui adviendra si le vent se met à souffler : ne va-t-il pas y puiser de la force ? À la perspective d'un regain d'énergie, explosant en lui comme un tonnerre, il sait qu'il veut vivre. Oui, c'est à cela qu'il aspire : se réveiller tous les jours dans son village, apercevoir le visage de Nahla, puis laisser le vent lui caresser la joue et venir se déposer au fond de son ventre. C'est une chose qu'il ressent en lui, une nécessité vitale qu'il est toutefois incapable de s'expliquer. Même la qualifier de « vitale », il en est incapable, tout ce qu'il sait, c'est qu'elle est là, au plus profond de lui-même.

Affectant la décontraction, il soulève un peu la tête et, constatant qu'il dispose toujours de ses deux pieds, se sent revivre. Il n'est pas encore certain d'avoir une vie qui l'attend, mais au moins il en a les sensations. Ah ! Quelle bénédiction que cette réminiscence des petits vents d'autrefois, dont il a senti le parfum frais lui passer sous les narines. Peut-être le ciel va-t-il enfin se décider à l'aider, lui envoyer un don sous la forme d'une brise légère chargée de pluie – la chose paraît toutefois improbable sachant qu'on est en été.

Convaincu à présent qu'il est capable de s'asseoir, il remue les pieds, car l'échec de ses supplications précédentes l'a armé d'une volonté nouvelle. Grâce à cette légère impulsion des pieds, il peut relever la tête et prendre appui sur son coude. Or ce qu'il aperçoit, sur le côté de sa botte militaire, c'est une béance, un vide funeste. Il ne comprend pas tout de suite le sens de ce qu'il voit, car sa vision n'est pas nette, malgré la luminosité éclatante et le champ dégagé. Mais ensuite, l'inquiétant vide finit par lui apparaître distinctement. Son pied droit. Oui, c'est de son pied droit qu'il s'agit ! La botte est fendue au niveau du talon.

Il plisse les yeux pour mieux voir et respire profondément, avant de se hisser plus haut pour redresser son dos à moitié. Oui, il est maintenant évident que le talon droit est absent. Il a suffi qu'il remue le pied pour qu'aussitôt la béance sanguinolente s'emplisse de terre et de feuilles, lui infligeant une douleur qu'il n'a jamais connue.

Un fragment de son corps, donc, a dû s'envoler en même temps que les projections de terre et de sable causées par la déflagration, et atterrir quelque part dans le voisinage. Il y a bel et bien une partie de lui qui a été enterrée. La scène de l'inhumation n'était pas un rêve…

Du regard, il explore les alentours dans l'espoir de localiser le fragment perdu, mais à mieux y réfléchir, le plus probable est que son talon a été irrémédiablement réduit en miettes.

Jusqu'ici, chaque nouvelle douleur qu'il a découverte lui a confirmé un peu plus qu'il était vivant, mais cette fois, il doit affronter une situation différente. Il espère seulement qu'il n'a pas perdu d'autres fragments de son corps. Les minutes qui suivent le mènent de surprise en surprise, lorsque, tournant la tête, il aperçoit le corps de l'inconnu là-bas, derrière les arbres, et lorsqu'il le voit assis d'une manière aussi instable. Et il le voit s'appuyer sur son coude droit et le scruter intensément. Il réfléchit ainsi à la question de savoir si son pendant là-bas a aussi perdu une partie de lui-même – peut-être son talon.

Puis il a cette vision de l'inconnu continuant à se déplacer, confirmant l'intuition qu'il n'est autre que son reflet en miroir. Il lui semble qu'il a la même blessure que lui à l'oreille gauche. Ah ! Si seulement il pouvait le voir plus distinctement, il pourrait ensuite le bouter une bonne fois pour toutes hors de ses pensées.

Il songe aux bêtes sauvages qui vont fondre sur lui dès que tombera l'obscurité : il les attend !

À quoi peut bien ressembler un lambeau de son corps se pulvérisant dans les airs ? Probablement à une motte de terre partant en poussière…

Il se mord les lèvres, jusqu'à ressentir un goût salé mêlé d'amertume qui lui rappelle la saveur des glands de chêne.

Un instant il se dit qu'il ressemble au veau qui se déplaçait la tête à demi arrachée, et cette image amène avec elle les souvenirs du vent et de l'arbre proche du sanctuaire, qui l'aident à prendre son mal en patience. C'est bien le vent qu'il connaît, son vent familier semblable à nul autre, celui qu'il avait eu comme compagnon de jeux quand il s'était allongé paisiblement sur le bord de la falaise rocheuse.

Le lendemain de l'incident et de la raclée mémorable que son père, après l'avoir ligoté au tronc d'arbre, lui avait infligée pour avoir refusé de retourner à l'école, il sauta hors de son lit avant même que l'aube fraîche ne survienne. On était au commencement de l'hiver et, dans les montagnes, le froid matinal fouettait les visages de manière aussi acérée qu'une lame de rasoir, mais cela ne l'avait pas empêché de sortir, pas plus que ses blessures aux pieds causées par la bastonnade.

Il marcha et marcha en direction de la falaise rocheuse, parcourant les sentiers à travers bois jusqu'à atteindre les rochers d'où on avait vue sur le versant opposé de la montagne. À cet endroit, la terre était creusée d'une faille profonde que les villageois appelaient « la vallée de l'Enfer ».

Il s'assit au bord du rocher, de nouveau aiguillonné par le désir de voler. Se défaisant de ses sandales en plastique, il tendit les pieds au-dessus du vide, faisant danser ses orteils tuméfiés, parcourus d'ecchymoses violacées laissées par la canne en grenadier. Après les avoir ainsi offerts à la caresse de la brise, il poussa un soupir d'apaisement. Fort de la sérénité que lui procuraient les rafales glaciales, il scrutait en contrebas le gouffre de la vallée. Le ciel aussi jouait avec lui, lui envoyant juste après le surgissement des premières lueurs des averses de pluie qui le drapèrent dans leur humidité. Il palpait du bout des doigts les aspérités de la roche.

Puis il dirigea son regard vers l'autre versant, se demandant s'il y avait là-bas des essences d'arbres différentes, inconnues de lui. Selon la Rouquine, cette zone-là n'avait rien de remarquable, excepté la petite rivière qu'il connaissait bien pour s'y être déjà baigné, ainsi que les bois auxquels il pouvait se rendre à pied depuis le village voisin. Cet itinéraire-là était plus praticable car les rochers y étaient moins coupants. Il lui arrivait de se tailler dans de vieux vêtements un petit baluchon qu'il emportait pour descendre en direction de la vallée, se promettant de marcher jusqu'à trouver un endroit où il pourrait s'installer pour de bon. Cependant, il avait bientôt renoncé à cette idée, car il préférait vivre en altitude en compagnie du vent.

Il se laissa alors aller en arrière, s'allongeant sur la falaise rocheuse. Il se plaisait à imaginer que, pour un observateur scrutant la scène depuis les hauteurs, sa silhouette formerait un parfait angle droit : les jambes pendant dans le vide et les pieds se balançant au-dessus de l'abîme, tandis que le haut de son corps reposait à l'horizontale sur l'à-plat. Il se cramponnait du mieux qu'il pouvait, raffermissant sa prise sur la roche en griffant de ses ongles le rebord crénelé.

Il se prit à rêver. Et si cette falaise se transformait en un lit de pierre dressé sur quatre montants vertigineux, avec un chêne de chaque côté – celui de leur maison et celui du sanctuaire. Mais il revint vite à la réalité. Comment des arbres pourraient-ils pousser dans un sol pierreux comme celui-ci ? Il était persuadé néanmoins qu'ils auraient trouvé, s'il l'avait fallu, un moyen de déployer leurs racines à travers la roche en longeant les montants jusqu'à rejoindre la terre. Il avait esquissé un sourire à cette perspective réjouissante.

Tendant la langue, il entreprit d'avaler les gouttes de pluie qui tombaient, les faisant rouler avec délectation dans sa bouche. Mis en joie, il partit dans un grand éclat de rire sonore, ce qui ne lui arrivait que rarement. La douleur ressentie dans ses orteils et dans son dos, les traces de coups laissés par la canne de son père, tout cela s'était volatilisé.

Cette canne, fabriquée dans du bois de grenadier, était fine et lisse. Ali s'était introduit dans la chambre de ses parents avant le lever du jour, et avait sorti de sous le lit la canne que son père conservait là comme un précieux trésor. Il avait commencé par la tâter avec prudence, quelque peu effrayé, mais ensuite il l'avait saisie un peu plus fermement pour en éprouver la texture soyeuse et la souplesse. Pour finir, il s'en était emparé avec détermination avant de s'échapper vers la falaise rocheuse, sans cesser de l'agiter en l'air dans sa course. Arrivé là-bas, il l'avait jetée dans le vide de la vallée, la regardant chuter tout en faisant rouler les gouttes de pluie sur sa langue, les laissant lui titiller le palais.

À cet instant, il n'avait besoin de rien d'autre pour être comblé sinon que se réalise son rêve du fameux lit de pierre dressé sur ses montants vertigineux – et ce rêve après tout ne paraissait pas hors de portée. Il avait bien entendu un jour conter l'histoire d'un homme qui en avait fait l'expérience, mais…

Entre-temps le ciel s'était assombri, et des pluies diluviennes s'abattirent, alors il se remit en position assise, balançant ses pieds et observant le vide en contrebas sans ressentir aucune peur. Son dos lui faisait mal et il ne pouvait plus s'allonger. Ramassant son corps, il replia les genoux sous son menton pour se remettre debout.

S'approchant du bord, il se campa sur ses pieds pour tendre les bras, le dos subitement traversé par un frisson – ou du moins ce qu'il avait ressenti comme tel.

En ouvrant les yeux, il fut estomaqué par la profondeur du ciel et par l'immensité de la forêt. Il était prêt à voler désormais.

Le vent lui lançait des appels charmeurs pour l'inciter à jouer avec lui. Or, entre jouer avec le vent et voler, il n'y avait qu'un pas. Il voulait se livrer à ce jeu excitant, ne serait-ce qu'une fois, même si pour cela il n'aurait que le vent comme allié, sans pouvoir prendre appui sur les branches.

Il prit une profonde inspiration et contracta vigoureusement le thorax, assez pour sentir ses os sur le point de jaillir hors de sa poitrine. À cet instant précis, les pluies redoublèrent d'intensité, alors même que le vent cessait de souffler. Il abandonna immédiatement son rêve de voler et, reculant de deux pas, s'éloigna du bord pour s'agripper à une aspérité de la roche, sous laquelle poussait une plante. Il n'eut pas besoin d'y regarder de plus près pour savoir de quoi il s'agissait : c'était une plante bardée d'épines, auxquelles ses doigts s'étaient déjà blessés. Là-dessus, il se roula en boule, ramenant ses genoux contre son torse, avant de murmurer : « C'est ici que je vivrai ! »

En définitive, Ali ne s'était pas installé là-bas. Il était resté ainsi sans bouger jusqu'à la tombée de la nuit, et seulement alors, sentant la fatigue, il s'était allongé sans abandonner sa position fœtale. Sa famille l'avait cherché en vain tout au long de la journée, en témoignaient les cris stridents de Nahla adressés à la vallée ; elle était dans la hantise que son fils y ait chuté, subissant le même sort que sa tante maternelle. Son père, quant à lui, parcourait les bois en hurlant son nom.

Quand ils finirent par le retrouver, le lendemain, il était sans connaissance, et selon les rumeurs colportées par les voisines, la moitié inférieure de son corps se balançait à droite et à gauche au gré du vent. Il était enroulé sur lui-même comme un chardon, et visiblement il s'était mordu la langue, car celle-ci sortait de sa bouche et quelques gouttes de sang perlaient à sa commissure.

Pendant qu'ils le ramenaient, Nahla jura par toutes les demeures des saints qu'elle ne le forcerait pas à retourner à l'école, et elle accompagna ses paroles de son *nadhr*[1] coutumier – un engagement qui était à sa portée car il n'exigeait pas qu'elle sacrifie des bêtes ou dépense de l'argent : elle s'engageait à marcher nu-pieds avec son garçon jusqu'à la Demeure du saint suprême, afin qu'il guérisse le gamin de sa divagation – pour ne pas dire, à l'instar des villageois, de sa folie.

1. Promesse rituelle d'accomplir une action de charité en échange d'une faveur divine.

9

Nahla ne pouvait pas se permettre, même aux plus grandes heures de désespoir et d'inquiétude, de promettre plus que ce *nadhr*-là, car leur situation financière était chaque jour plus précaire. Le temps où elle travaillait spécialement pour honorer des promesses de sacrifier une bête était bel et bien révolu. D'un seul coup, elle avait juré qu'on ne l'y reprendrait plus, et n'était jamais revenue sur son serment. Tout en débarrassant Ali de ses vêtements mouillés en attendant l'arrivée du médecin, elle ne cessait de répéter en boucle : « On va peut-être s'écorcher les pieds, on va peut-être attraper des engelures… mais on n'a pas d'autre choix que de faire ce trajet ! »

Ali se réjouissait de cette perspective, il avait instantanément oublié son rêve de vivre dans le lit juché sur des montants de pierre. Il sentait qu'il quittait le monde de l'enfance, soulagé que les adultes se soient résignés à le laisser vivre sa vie sans le contraindre. Il songeait à l'aventure passionnante qui s'annonçait, et la distance considérable qui les séparait de ce sanctuaire si éloigné n'était pas pour lui faire peur. L'aspect qui lui plaisait le plus dans cette affaire, c'était que lui et sa mère allaient parcourir le chemin pieds nus.

Comme ils arrivaient en ville, il vit Nahla se baisser et ôter ses chaussures. Depuis qu'il était présent au monde, il avait toujours connu sa mère avec ces mêmes chaussures – des godillots marron au talon carré, qui claquaient à chaque pas. Elle les avait achetées au marché des fripes, et se plaisait à dire que c'était un modèle de fabrication étrangère.

À son tour il se pencha et l'imita, ôtant ses souliers qu'elle lui prit prestement des mains pour les glisser au fond d'un sac. Là-dessus elle le saisit autoritairement par la main, continuant d'avancer sans dire un mot.

Plus d'une semaine s'était écoulée depuis l'incident de la falaise, semaine qu'il avait passée alité. Le père les avait prévenus qu'il faisait très froid, essayant de dissuader Nahla d'honorer sa promesse rituelle par un tel temps, mais elle avait répliqué que le surcroît de souffrance serait mis à leur crédit – en été, le fait de marcher nu-pieds n'aurait pas représenté une grande difficulté, et quant à l'exposition au froid, c'était l'essence même de son offrande.

Beaucoup – et parmi eux la Rouquine – avaient également essayé de convaincre cette femme malingre de reporter l'accomplissement de sa promesse jusqu'à la venue du printemps, mais elle craignait que l'ire divine ne s'abatte sur son fils si elle y sursoyait. De plus, elle disait vouloir apprendre à son fils à se comporter en homme ; le fait qu'il ait vaillamment supporté une nuit entière de supplice sur la falaise, malgré la menace des hyènes, était pour elle le signal qu'il était maintenant mûr pour cette épreuve.

Elle l'avait donc pris par la main, dans un geste plein de fermeté et de détermination – il se souvient de ses doigts rugueux qu'elle referma vigoureusement sur les siens avant de le traîner à sa suite, faisant fi du froid, des cailloux coupants sous ses pieds parcourus de cicatrices, traces d'anciennes blessures. Elle lui expliqua que l'entreprise serait aisée : tout ce qu'ils avaient à faire, c'était longer l'autoroute que le gouvernement avait aménagée entre Damas et Lattaquié.

Ils cheminèrent ainsi à travers plantations et vergers ; c'était la première fois qu'Ali voyait des champs d'agrumes, et aussi le tracé de la ligne de chemins de fer parallèle à l'autoroute. Cependant, ni à ce moment-là ni au cours des heures suivantes il n'aperçut le moindre train. Pourquoi donc le pays construisait-il autant de lignes ferroviaires, se demandait-il, si c'était pour qu'aucun train ne roule dessus ? Les citronniers et les orangers étaient hauts, toutefois pas au point, se répétait-il avec satisfaction, de rivaliser avec ses arbres à lui, si altiers. Il n'empêche que ces arbres-ci brillaient d'un éclat différent sous les gouttes de pluie. La lumière s'y reflétait en créant des nuances argentées, et la senteur qui s'en exhalait, conjuguée à l'horizon ample déployé devant lui, ouvrit les vaisseaux de son cœur. Cette explosion de couleurs, le gris du ciel mêlé au vert de la végétation, le charmait.

Il ignorait à l'époque que viendrait un jour où il s'emploierait comme journalier dans ces vergers, qu'il pourrait alors les admirer de l'intérieur et constater qu'il existait des orangers géants, plus hauts qu'il ne l'aurait jamais imaginé.

Il contemplait les maisons et les villages visibles au-delà des arbres, et songeait que sa mère ne manquerait pas de le récompenser de ses efforts en l'emmenant jusqu'à la mer. Hélas, ce rêve ne se réaliserait pas, car les pieds de sa mère se fendilleraient, tout comme les siens, rendant une telle escapade impossible.

Tout au long du trajet, il n'arrêtait pas de tousser, ayant attrapé un gros coup de froid lors de l'incident de la falaise. Sa mère lui expliqua que la souffrance faisait partie du *nadhr*, que plus il peinait et se montrait résistant à la douleur, plus il se rapprochait de Dieu. Elle lui rappelait périodiquement qu'en grandissant, il comprendrait l'importance de complaire à Dieu et à Ses saints bienfaiteurs.

Lorsqu'ils atteignirent finalement la Demeure, Ali découvrit un endroit fort différent de l'image qu'il s'était dessinée dans son esprit d'un lieu lové dans les arbres et battu par les vents, comme l'étaient les sanctuaires de montagne. L'endroit ressemblait bien plus à un refuge aménagé pour recevoir les invités et les visiteurs.

Ils franchirent tous les deux l'entrée en posant d'abord le pied droit, ensuite ils appliquèrent religieusement des baisers sur le mur côté droit, puis sur la partie supérieure du portail, puis sur le mur côté gauche, avant de pénétrer enfin à l'intérieur, pleins d'humilité. L'euphorie tant espérée n'était pas au rendez-vous. Enveloppé dans un châle vert, il s'adossa à la cloison du mausolée et ancra son regard à une petite meurtrière derrière laquelle transparaissaient des branches d'arbres.

Nahla lui oignit le visage et les pieds d'huile sacrée, tandis que les gens, apitoyés, leur donnaient à boire et à manger. Tous deux étaient épuisés, trempés par la pluie, et respiraient avec difficulté. En leur imposant ce climat éprouvant, le ciel avait décidé qu'il leur faudrait impérativement rester là jusqu'au lendemain matin. De toute façon, Nahla avait déjà décrété qu'ils n'effectueraient pas la marche de retour ce soir-là, vu l'état des pieds de son fils.

Oui, ces mêmes pieds auxquels Ali pense en ce moment, avec un de ses talons amputé et ses orteils soustraits à sa vue, et qui le ramènent aux souvenirs de la falaise rocheuse et du sanctuaire. Il aperçoit des taches sombres sur le bord supérieur de ses rangers, peut-être du sang et des lambeaux de chair qui ont dû exploser en même temps que son talon pulvérisé. Au moins, durant leur périple jusqu'au sanctuaire de la montagne, il pouvait encore palper du doigt les fendillements de son talon et les plaies infligées à la plante de ses pieds. Au fond, il était heureux.

Lorsque sa mère drapa le châle vert autour de sa poitrine, puis frotta son front d'huile sacrée, il entendit les versets coraniques récités pour sa guérison, entrecoupés de la sempiternelle prière de sa mère : « Je te confie mes enfants en dépôt, cheikh Bou'Ali[1], puisse Dieu nous gratifier de ta bienveillance. Mes enfants, je les ai élevés au prix de mon corps et de mon sang, à la sueur de mon front, *nadhr* après *nadhr*... Oui, c'est au prix de mon corps et de mon sang que je les ai élevés... »

1. De son nom complet Abou Ali Ahmad al-Ghassani, philosophe et jurisconsulte alaouite mort en 1210, dit aussi Ahmad « Qarfis » en référence à cette localité voisine de Lattaquié où il a son sanctuaire, objet d'une large vénération.

Là-dessus, elle resserra l'étoffe verte autour d'Ali, et il ressentit un regain de chaleur dans son corps. Les bruits étaient feutrés, comme étouffés, et le plafond en forme de dôme était assez bas. Les murs propres et peints de blanc étaient couverts de versets encadrés, et des exemplaires du Coran étaient disposés un peu partout. Le saint local – que son secret soit sanctifié, selon la formule répétée par l'imam – était inhumé ici, à la différence de nombreuses demeures qui n'étaient que des lieux d'hommages et de rituels, dépourvus de sépulture.

Ali s'adossa au mausolée, parcouru d'un tressaillement. Le fait de s'endormir tout près du mausolée, reconstruit récemment en marbre, ne l'effrayait nullement. Il repensa au sanctuaire de leur village qui, lui, était bâti en ciment, et qu'il aimait à appeler la « Demeure du vent » sachant qu'il était construit sur la crête la plus élevée de la montagne. Son mur était accolé côté est au tronc du chêne, un arbre dont les villageois affirmaient qu'il était vieux de plus de cinq cents ans. Ses branches enlaçaient la bâtisse comme les doigts d'une main, s'enroulant autour du dôme. Certaines s'échappaient en hauteur, c'est à celles-ci qu'il avait grimpé à de nombreuses reprises pour mieux contempler les sommets des montagnes.

Il avait souvent entendu sa mère répéter qu'ils vivaient juste au-dessous du trône de Dieu, et il en tirait un sentiment de supériorité. Comme s'il était dépositaire d'un secret qui ne concernait que lui : son sanctuaire – la Demeure du vent –, petit et propre, avec ses murs peints à la chaux et son tombeau modeste, juste couvert d'un drap vert, avec ici et là des récipients en terre cuite pour l'huile et les encens.

Quelques années plus tôt, Abou'l-Zein avait rapporté ce grand panneau qui exposait les portraits de leurs saints, avec au milieu celui du président père, et l'avait placardé au centre du mur. Toutes les figures étaient rassemblées sur ce panneau de dimensions modestes – à peine un mètre carré –, séparées les unes des autres par des interstices blancs évoquant des auréoles mystiques.

Ce panneau, Ali le voyait depuis sa naissance et il l'avait toujours énormément intrigué. Lorsqu'il avait atteint ses cinq ans, on lui avait expliqué que ces hommes étaient « les saints bienfaiteurs ». Il s'arrêtait devant les portraits et essayait de trouver entre eux une ressemblance, il voyait bien que le président père détonnait dans le lot, ne serait-ce que parce qu'il n'était pas coiffé comme eux d'un turban ! Mais puisqu'il était différent, que faisait-il au milieu d'eux ? Et pourquoi avait-il été représenté dans cette pose, les deux paumes levées de part et d'autre des oreilles – littéralement en train de prier ?

Parmi ces saints, il y en avait un qu'Ali aimait particulièrement, d'un amour pur. Tout au long de sa jeunesse, il n'avait jamais cessé de l'admirer, il le préférait à tous les autres, car son visage était illuminé par une sainteté que son portrait rendait palpable, recourant à une grande profusion de teintes. Certes, celles-ci n'étaient que des variantes de gris couvrant l'éventail du blanc jusqu'au noir, mais elles avaient néanmoins ouvert à ce saint-là un accès direct à son cœur.

Le panneau incluait trente-neuf imams et saints ; l'image du président figurait sur l'avant-dernière rangée, tandis que celle de son saint favori se trouvait sur la première. Chaque fois qu'il pénétrait dans la Demeure, il le cherchait des yeux avant de lui adresser son salut, fort de la conviction que c'était lui le plus valeureux de tous. Il était béat d'admiration devant cette image où prédominait la blancheur. Depuis ses six ans, il était secrètement fasciné par les traits du saint, sa barbe blanche fournie, sa physionomie délicate et ses joues creusées qui lui donnaient un air triste et ascétique.

Un jour, il avait demandé à sa mère si leurs saints étaient des présidents, au même titre que le président du pays, ou si à l'inverse c'était leur président qui était un saint, au même titre que les autres saints. Sa mère n'avait pas répondu. Après l'avoir fixé un moment, elle avait répliqué en détournant le visage au loin : « Eh bien on dirait que tu as une langue et que tu as appris à parler ! Allez, file hors d'ici ! » Après cet incident, il n'avait plus jamais mentionné cette affaire – apparemment, ce n'était pas de son âge – et avait cessé de fixer le panneau. L'image de son saint, il l'avait gardée dans son cœur pour la contempler en lui-même à son aise lorsqu'il était seul, sautillant entre les rochers avec légèreté et prestance.

Les gens le surnommaient « le cabri de la falaise » ; cela l'amusait et le faisait sautiller avec encore plus d'entrain, il leur montrait ainsi que leurs sarcasmes ne l'atteignaient pas. Non, la vraie humiliation, il la ressentirait plus tard, alors que, rompu de fatigue et perclus de blessures, il somnolait dans le mausolée de marbre, enveloppé dans le châle vert béni.

Cette humiliation que sa mère verrait comme une sorte de salut divin, de signe que Dieu leur accordait

Sa bienveillance et acceptait la promesse qu'elle avait nouée, s'enclencha lorsqu'elle entreprit de lui essuyer dans les plis de sa robe ses pieds souillés de sang et d'huile sainte. Il se rappelle qu'elle lui frotta le talon, ce contact lui revient à présent en mémoire. Comment a-t-il pu se passer tant d'années sans qu'il y pense ? Comment a-t-il pu oublier ces moments qui à présent déferlent en lui et viennent se nicher précisément dans son talon amputé ? Elle lui passait de l'huile sur les pieds, le réveillant de sa torpeur mais réveillant dans le même temps les morsures de la douleur, car les coups de canne paternels avaient laissé de larges plaies sur sa voûte plantaire, plaies que la marche pieds nus durant une journée entière avait rouvertes.

Et puis Nahla eut un autre geste, elle lui attrapa le visage et l'oignit d'huile lui aussi, tout en récitant : « Je te confie mes enfants en dépôt, cheikh Bou'Ali, puisse Dieu nous gratifier de ta bienveillance. Mes enfants, je les ai élevés au prix de mon corps et de mon sang, à la sueur de mon front, *nadhr* après *nadhr*... Oui, c'est au prix de mon corps et de mon sang que je les ai élevés... » Là-dessus, elle lui baisa les orteils et les lécha, avant de fondre en larmes...

Il se rappelait qu'il lui arrivait à elle aussi de subir une correction avec la même canne en grenadier, et que de temps en temps elle fondait en larmes et courait se réfugier dans un coin de l'autre pièce. La mère d'Ali ne savait ni lire ni écrire, et son père, quant à lui, était tout juste capable de déchiffrer les lettres. Il commençait donc par hurler à Nahla qu'il fallait absolument éduquer les enfants, avant de se souvenir, ivre de colère, qu'elle en était incapable puisque illettrée comme lui.

Il lui arrivait aussi de la frapper pour d'autres raisons qui n'échappaient pas à Ali, par exemple quand elle l'empêchait de monter sur elle. Ses enfants, couchés à proximité, lui rappelaient par leur simple présence que, pour peu qu'elle lui cède, elle se retrouverait de nouveau engrossée. Elle mettrait ainsi au monde un nouveau bout de chair qui, à son tour, lui déchirerait le cœur et lui fendrait l'âme, comme le faisaient déjà Ali et ses frères et sœurs. L'amour qu'elle vouait à ses enfants la tuait, comme elle le répétait souvent. C'est pour toutes ces raisons qu'Ali ne l'avait pas arrêtée lorsqu'elle s'était mise en tête de lui baiser les orteils et de les lécher.

Cette scène, dans laquelle personne d'autre n'aurait pourtant vu une humiliation, emplit Ali d'une honte indicible – un sentiment assez indéfini à ses yeux. Ce n'est pas qu'il se sentit humilié au sens littéral du mot, non, il eut plutôt l'impression qu'on l'étranglait, c'est du moins par cette image qu'il se représenta le phénomène. Il se ramassa sur lui-même et se blottit contre le tombeau. Ce qu'il voulait, c'était que sa mère cesse de pleurer et de lécher ses blessures. Cette honte s'ancra encore plus profondément dans son cœur lorsqu'il entendit un homme interpeller sa mère ainsi : « Lève-toi donc et dégage, espèce de folle. Venez, sortons-la d'ici, que Dieu nous garde notre raison et notre foi intactes ! »

Ce même homme, qu'Ali avait déjà observé du coin de l'œil, tenait à la main un chapelet. C'était un religieux mais pas celui qui avait la charge de ce sanctuaire, il comptait parmi ces nouveaux clercs qui avaient fait leur apparition au cours des dernières décennies. L'imam du lieu, quant à lui, ne se présenta que plus tard ; il avait l'air au contraire d'un homme plein de bonté, comme sa mère s'en souviendrait par la suite.

L'incident se déroula de la manière suivante : Nahla baisait les pieds de son fils tout en lui demandant de lire des passages d'un coran qu'elle tenait à la main, quand l'homme au long chapelet, qui les observait depuis un moment, explosa : « Cette femme est impure, faites-la sortir. Allez, mettez-la dehors ! »

En principe, il ne se serait trouvé personne pour exécuter un ordre pareil, car on était dans un lieu sacré, où démunis et miséreux avaient un droit absolu de se réfugier. Mais que survienne une femme dont le sang maculait ostensiblement les vêtements était plus qu'on ne pouvait tolérer. Le sang en question était celui d'Ali, ses pieds ensanglantés avaient taché les vêtements de sa mère, mais le religieux l'avait pris pour le sang de ses menstrues.

Ali ne comprenait pas ce qui se passait, mais sentant le dégoût de l'homme à son égard et à l'égard de sa mère, il se prostra et ferma les yeux. Il était épuisé de fatigue, et une légère fièvre commençait à agiter son corps affaibli. La voix du religieux tonna, ordonnant à Nahla de sortir du sanctuaire. Ali, assommé par le grondement de l'orage et par la voix furibonde qui les sommait de partir, se recroquevillait de moment en moment.

Pour les autres personnes présentes dans le sanctuaire, Ali était un garçon de douze ans qui avait été amené là par une femme ressemblant à une vagabonde, afin de le guérir de quelque désordre mental. Aux gens qui se pressaient autour d'elle, elle avait expliqué à son arrivée que son garçon n'était pas comme les autres enfants : persuadé d'être un arbre, il était perpétuellement dans la lune, c'est pour ça que tous les gens le traitaient d'« abruti », mais pour sa part, elle savait bien qu'il n'était pas du tout abruti, il avait juste besoin de la bénédiction des saints bienfaiteurs.

De toutes parts, on l'avait aidée. Une femme avait pleuré avec elle, ensuite elle avait marmonné des versets coraniques puis prélevé des pierres du mausolée avant de les lui disposer sur son ventre gonflé et de les y faire glisser avec douceur. Une autre l'avait prise dans ses bras et lui avait tapoté affectueusement les épaules. Elles avaient laissé Nahla libre de faire ce qu'elle voulait, car Dieu étreint Ses enfants les plus dépourvus. C'est plus tard, une fois la foule des visiteurs repartie et tandis qu'Ali était sur le point de s'assoupir, que l'homme au chapelet fit sa sortie tonitruante. Sa mère baisa la main de l'imam du sanctuaire puis lui rendit son coran, avant de pousser un profond soupir et de faire demi-tour pour quitter les lieux.

Ali, qui était maintenant tout à fait réveillé, décocha à l'homme au chapelet ce regard que sa mère ne connaissait que trop bien. Sautant sur ses pieds, il se rua vers lui, lui administrant un coup violent qui le projeta au sol. Il fallut à l'homme plusieurs secondes pour reprendre ses esprits, et Ali mit ce temps à profit pour bondir à la gorge de son adversaire et l'assaillir de coups de poing, ne s'arrêtant que lorsque les autres membres de l'assistance vinrent arracher l'homme à son emprise. Ensuite, ils traînèrent Ali dehors et, au milieu de la stupeur générale, le garçon s'absorba alors dans la contemplation de ses orteils, sans plus se soucier d'eux.

Il avait une histoire avec ses orteils. Pour pénétrer dans le sanctuaire, on devait préalablement se déchausser. Une fois à l'intérieur, il passait des heures, jambes allongées et dos calé contre la paroi, à observer ses orteils et à les triturer afin de les réchauffer. Lorsqu'il les enfonçait dans le sol de ce lieu sacré, il était envahi par un sentiment rare d'euphorie et d'illumination, comme s'il voguait nu, porté par une brise légère dont il était l'un des nuages, et ces moments où il se sentait s'effilocher – à la manière du nuage qui l'habitait – lui procuraient une impression de vigueur et de douceur inégalées.

La Rouquine lui avait dit que toutes les demeures des saints étaient lovées au cœur de troncs d'arbres, c'est pourquoi il se sentait voler chaque fois qu'il se trouvait à l'intérieur de l'une d'elles. Il les savait bénies, gardées par les arbres sacrés qui avaient vécu des siècles sans jamais modifier leur manière d'être. De cela il était convaincu, même s'il ne s'en remettait pas vraiment à ce que lui racontait la Rouquine – il avait beau l'adorer, il finissait comme les autres par décrocher de ses longs monologues délirants.

Outre cette histoire d'orteils, dont il pensait qu'ils se transformaient en racines ou en branches aussitôt qu'il pénétrait dans le sanctuaire, il avait découvert que la légèreté et la fraîcheur qu'il ressentait dans le mausolée reproduisaient exactement ses sensations lorsqu'il grimpait aux arbres ou bien sautait sur les falaises rocheuses. L'idée l'avait même traversé une fois que ses orteils seraient un jour capables de s'arrimer aux branches. À plusieurs reprises il avait essayé de se tenir sur l'une d'elles puis de hausser ses bras comme des ailes avant de stabiliser son corps à l'aide de ses orteils, à la manière dont les faucons utilisent leurs serres.

Il avait ainsi pu montrer aux villageois en visite au sanctuaire comment il parvenait à sauter d'un arbre à l'autre comme un oiseau, sans jamais tomber, et comment il pouvait fixer ses pieds aux branches avant de se laisser basculer avec légèreté vers l'arrière pour se balancer. C'est dans cette même euphorie qu'il se trouvait lorsqu'ils avaient délivré l'homme au chapelet de ses griffes, sous les yeux de sa mère qui guettait les événements d'un air épouvanté, craignant qu'on les expulse du sanctuaire au milieu de la nuit glaciale. Lui, gardait les orteils enfoncés dans le sol à sa manière si particulière. Il ne ressentait ni colère ni frustration, simplement il respirait avec difficulté. Il jetait des regards affectueux à sa mère, puis tendait les mains pour les lui passer tendrement dans les cheveux. Son visage était apaisé.

L'imam en charge du lieu finit par arriver. Il pressa la main du garçon, avant de lui tapoter doucement la tête. Ali se leva en même temps que sa mère, mais ne réussit pas à se tenir debout, de sorte que l'imam dut le porter, enjoignant à Nahla de le suivre : elle et son fils pouvaient rester chez lui pour la nuit. Il examinait les orteils du garçon qui respirait lourdement comme s'il allait étouffer, s'étonnant de la sérénité confiante qui émanait de ses yeux, tout en récitant pour lui des versets coraniques en guise de prière. L'imam ne formula aucun reproche, il apportait seulement sa compassion, ce qui lui valait le respect de tous.

Ali le dévisagea avec émotion, il lui trouvait une certaine ressemblance avec le portrait de son saint favori sur le panneau de la « Demeure du vent ». Son visage avait les mêmes caractéristiques, la même pâleur, la même maigreur, la même barbe, la même tranquillité qui se lisait au fond des yeux ! Cette vision bouleversa le garçon, qui en oublia ses douleurs aux pieds. Détendu à présent, il laissa sa tête aller sur l'épaule de l'imam, sans plus s'embarrasser de la honte que lui causaient ses doigts de pieds.

Car oui, il avait honte de ses orteils. Il faisait tout ce qu'il pouvait pour les dissimuler, car ils se ramifiaient telles des branches d'arbre et arboraient des tailles différentes : certains étaient courts, quand les autres étaient longs, ceux du pied droit n'étaient globalement pas de mêmes dimensions que ceux du gauche, et quant à celui qu'on appelait le gros orteil, c'était le plus petit de tous !

Tandis qu'il examine l'avant de sa botte, pour vérifier que ses doigts de pied n'ont pas volé en éclats sous l'impact de la bombe, il se rappelle la manière dont l'imam les a examinés lorsqu'il l'a pris dans ses bras. Il essaie de mouvoir son pied droit, redresse le torse, allonge la jambe, puis tend lentement la main vers l'avant pour dégager son champ de vision. Il a l'impression que ses côtes vont se briser, aussi ralentit-il son geste, tentant d'enlever la dernière couche de sable, de feuilles et de branchages qui pèse sur ses genoux.

Sa botte est désormais visible, intacte en apparence tout comme ses orteils à l'intérieur, seul le cuir a blanchi sous l'effet des projections de boue et de terre. S'aidant de son coude, il pousse son corps vers l'avant et remarque les ruisseaux de sang qui se sont échappés pour former une petite mare de liquide brunâtre sous le talon. Force est maintenant d'admettre qu'il est blessé autre part, même s'il ne ressent aucune douleur, il faut simplement qu'il arrive à inspecter chaque partie de son corps pour en avoir le cœur net.

10

Les rêves, qu'on pourrait décrire comme des plaques de lumière venant se découper sur les feuilles d'arbres en fonction de leur agitation, incarnaient pour Ali une valeur de base – comparable à ce que les autres appelaient leur « foyer » ou leur « havre », un lieu où ils pouvaient s'endormir paisiblement la nuit. Bien sûr, il leur arrivait, dans le cours de leur existence promise à un anéantissement rapide, de diverger sur le terme approprié, mais Ali, pour sa part, n'était pas du genre à s'opposer aux autres, il n'avait aucune envie de les contredire ni de se fâcher avec eux sur ce qu'ils entendaient ou comprenaient exactement par tel ou tel mot. Dans les rares moments où il lui était donné de se trouver en leur compagnie, il se contentait d'écouter et préférait se replier dans son silence.

Le vrai refuge d'Ali, c'était sa petite cabane. Il en parlait comme de sa « maison », une maison qu'il avait construite en utilisant ses matériaux préférés, qu'il appelait « mes amis ». Ses parois étaient ainsi constituées de branches d'arbres, et son plancher formé par le chêne qui se ramifiait en un enchevêtrement de branches.

Ces dernières ne se déployaient pas en direction du ciel comme celles du chêne du sanctuaire, mais plutôt horizontalement, comme on étale sa main ouverte, et elles restaient ainsi proches du sol.

Quand Ali voulait décrire un arbre en particulier, il tendait sa main ouverte et écartait les doigts d'une certaine manière pour refléter la physionomie spécifique de l'arbre en question. Aux dires des habitants de son village, le chêne dans lequel il avait niché sa cabane était contemporain des insurgés qui s'étaient dressés contre les Turcs et les Français ; c'est ainsi que trois des rebelles fuyant la soldatesque française avaient dormi dans l'espace laissé libre par la pousse des branches. Ce même arbre avait été témoin, au cours de son histoire, d'événements marquants. On avait retrouvé non loin de son tronc, une centaine d'années auparavant, un nourrisson abandonné. Il y a cinquante ans, des dignitaires importants venus de Damas, Hama et Alep avaient tenu des réunions sous ses branches pour discuter de l'avenir du pays.

Mais Ali, lui, ne voyait là qu'histoires et anecdotes sans importance. Tout ce qu'il savait, c'est que pour procéder à la construction de sa cabane, il avait trimé avec l'énergie de cent hommes, son cœur secoué par des pulsations assourdissantes.

Il persévéra ainsi pendant des jours, ramassant le bois et les branches nécessaires. Sa famille, qui désespérait de regenter sa vie depuis l'incident du mausolée, le laissait agir à sa guise. La seule contrainte imposée par son père était qu'il se prépare à venir travailler avec lui dans les plaines proches du littoral et, contrairement à la manière dont les adolescents réagissent habituellement à ce genre de demandes, Ali avait paru ouvert à cette perspective.

Il organisa de longues expéditions dans la nature pour réunir les matériaux nécessaires à la construction, puis établit un emploi du temps des tâches à accomplir chaque jour. Il y avait plusieurs difficultés à surmonter : il fallait tout d'abord installer une échelle de corde en guise d'échafaudage afin de ne pas endommager le tronc ; ensuite utiliser le branchage pour bâtir trois cloisons, sachant que le quatrième côté devrait rester ouvert pour conserver la vue sur les crêtes montagneuses et le littoral marin.

Les villageois le virent ainsi monter et descendre les sentiers et les collines, puis disparaître longtemps dans les bois pour en revenir chargé de diverses branches d'arbres – il leur donnait l'impression d'avoir mûri de vingt ans en une seule nuit.

Il évita de tailler les branches pour en faire des rondins qu'il aurait ensuite alignés afin de former une cloison lisse et régulière. Au contraire, il leur laissa leurs échardes et leurs feuilles, puis les noua entre elles, les plus fines avec les plus épaisses, les moyennes avec les plus grandes, et les enchevêtra à la manière d'une natte.

Sa première tâche – collecter les branches dans les bois – lui prit une journée entière, dont il rentra le visage labouré de blessures et d'entailles. Puis il passa deux jours sous le chêne à mailler les branches entre elles, avant de les tendre avec des ficelles de chanvre, trouvées dans un recoin de leur maison où elles avaient été négligemment abandonnées. Elles remontaient à l'époque révolue où les villageois cultivaient le tabac de terroir : ils les utilisaient pour coudre les feuilles après les avoir transpercées avec de grosses aiguilles, puis mettaient à sécher les liasses ainsi formées en les suspendant dans leurs foyers.

Avec le temps, les aiguilles étaient rongées par la rouille, aussi Ali dut-il les gratter au moyen de pierres aussi tranchantes que des couteaux, puis il introduisit la ficelle dans le chas cylindrique de l'aiguille pour la passer ensuite dans les branches et les lier entre elles, selon la méthode qu'il avait vu sa mère utiliser pour nouer ensemble leurs nattes de plastique.

Une fois terminée la première cloison, il fallut la fixer d'une manière solide, et il utilisa les cordes rapportées du mausolée pour attacher les bords de la cloison aux branches de l'arbre, puis il nettoya le sol de sa cabane, fabriqué dans la partie lisse du bois et non dans le tronc rugueux.

Il se rendit compte qu'il aurait besoin d'une couverture légère pour le tenir au chaud lors des nuits les plus fraîches, et se dit qu'il pourrait rapporter celle de leur foyer. Le problème, c'est qu'il la partageait avec son petit frère, ce qui compliquait l'affaire sachant qu'on ne pouvait acheter quoi que ce soit de neuf dans la maison sans le planifier longtemps à l'avance. Il préféra donc reporter la réflexion sur ce point à plus tard. Il se laissa tomber tranquillement dans les bras de l'arbre et se réveilla le lendemain avec les doigts griffés de cicatrices.

Nahla s'apitoyait de voir son petit trimer ainsi sans relâche, même si elle voyait bien le léger duvet qui commençait à lui pousser au-dessus des lèvres. Elle s'attela alors à lui confectionner une nouvelle couette, en collectant des étoffes vertes sacrées rapportées du mausolée, leur ajoutant quelques vieilles hardes offertes aux nécessiteux. Elle tailla ces différentes pièces avant de les coudre entre elles à l'aide de fil blanc, sous les yeux d'Ali qui la surveillait du coin de l'œil. La couette mélangeait ainsi les matières – lin, laine, coton –, les couleurs et les formes, composant un patchwork de motifs géométriques, de fleurs et de feuilles d'arbres.

Elle attendit qu'Ali achève sa tâche et reparte dans la forêt pour grimper à l'arbre et prendre les mesures exactes. Une fois l'opération accomplie, elle se remit à coudre dans son style bien à elle, se mettant debout puis se rasseyant à chaque point de couture. Vue de l'extérieur, sa gestuelle avait quelque chose de comique, un peu comme si elle se livrait à une danse ponctuée de sauts et d'accroupissements. Son mari se moquait d'elle mais elle ne faisait aucun cas de ses sarcasmes.

Le quatrième jour, les voisins eurent la surprise de voir Nahla grimper à la cabane sitôt Ali parti, chargée de la couette moelleuse et de l'oreiller qu'elle avait confectionnés pour lui. De l'avis de tous, il s'agissait d'un chef-d'œuvre ; son fils cadet, celui qu'elle jugeait le plus intelligent de la fratrie, déclara qu'elle avait accompli là une véritable fresque. À l'entendre s'extasier ainsi devant la beauté de la couette et son raffinement, elle commençait à croire à son talent. Il était peut-être la plus grande fierté de sa mère, mais elle n'hésita pas à le houspiller pour qu'il redescende vite avant le retour d'Ali. Comme il protestait que l'arbre n'était pas la propriété exclusive de son frère, elle répliqua que lui au moins avait l'école où il excellait, et que chacun devait avoir un monde à soi dans lequel se sentir à l'aise.

En découvrant la couette, Ali n'émit aucun commentaire. Il n'était pas surpris puisqu'il savait d'avance qu'elle lui confectionnait quelque chose et que ce serait une splendeur, ayant vu Nahla y travailler des heures durant et accomplir chaque étape du processus : piquer ses aiguilles dans les pièces de tissu et positionner le fil blanc avec dextérité, après avoir extrait du tas posé devant elle les vieilles hardes qu'elle avait préalablement mises à sécher entre les branches d'arbres.

Le lendemain soir, il lui demanda de monter avec lui pour contempler le ciel depuis la cabane suspendue ; elle était le seul être au monde à qui Ali eût accordé ce privilège. Après l'avoir accompagné là-haut et s'être installée près de lui, elle ne pleura pas comme à son habitude, au contraire, elle sourit faiblement, puis admira longuement le coucher du soleil, sans articuler un seul mot.

Une fois redescendue, elle décida que l'heure était venue de parler de lui à l'imam de la Demeure, afin qu'il prépare le garçon à acquérir le savoir religieux nécessaire. De la sorte il pourrait s'attacher au service du sanctuaire au cours des prochaines années. Elle ne faisait ainsi que répondre au souhait d'Ali, qui après leur expédition ensemble en exécution de son *nadhr*, lui avait dit vouloir suivre le même chemin que son saint favori, l'ami à la mine soucieuse représenté sur le panneau.

Ali aimait s'allonger dans sa cabane suspendue et savourer le plaisir de fermer les paupières au milieu du jaillissement de lumière. Il ne semblait pas être traversé par ces sentiments bucoliques qu'on aurait pu attendre chez un garçon qui n'aimait rien tant que la communion avec la nature. En réalité il était trop entier pour que de tels raffinements franchissent la barrière de son inconscient : son âme était aussi rugueuse que les rochers de sa montagne. En revanche, il était apte à guetter à travers ses yeux clos les irruptions de la lumière quand elle filtrait entre les branches d'arbres ; à chaque variation, il tournait la tête pour les suivre comme un chien en quête d'os, sans cesser de rire. Nahla l'entendait s'esclaffer, et se lamentait de ce fils si fantasque… Quel être doué de raison pouvait s'amuser ainsi avec la lumière ? Lui, de son côté, ne comprenait pas pourquoi elle était si agacée de le voir jouer avec les réverbérations lumineuses et le mouvement du vent dans les branches.

Elle l'obligeait à porter sur son cœur un talisman qu'elle lui avait attaché au cou avec une ficelle de chanvre. Il s'agissait d'un feuillet enveloppé dans une étoffe verte sacrée et portant des inscriptions à l'encre bleue qu'elle était incapable de déchiffrer mais qui étaient censées avoir des vertus protectrices.

Il écarquillait les yeux et imaginait les arbres de ces montagnes se mettant en mouvement pour gambader comme des chèvres ou escalader les sommets. Leurs racines, qui s'étaient arrachées du sol en emportant avec elles des rochers solidement ancrés, lui apparaissaient transformées en pieds munis d'orteils semblables aux siens, capables de marcher et de courir. Il conduisait en personne ce troupeau d'arbres en chevauchant son chêne.

Il gardait pour lui ces visions qui le mettaient en scène dirigeant une armée d'arbres dans leur course en direction du ciel. Il les voyait, comme s'il les observait de haut, perché sur un nuage, galoper avec leurs troncs élancés, leurs teintes moirées de reflets vert argenté et bleu turquoise. Ces grands troupeaux d'arbres ne se retournaient jamais pour regarder en arrière, poursuivant leur ascension irrésistible, sans pouvoir cependant s'approcher du ciel malgré leurs tentatives.

Maintenant qu'il a réussi à se rapprocher de l'arbre, à l'instant où le soleil chatouille le sommet de la montagne opposée, s'apprêtant à sombrer en direction de la mer, il en voit distinctement le tronc. Cela lui rappelle ses sourires béats quand il se réfugiait à la cabane, ou quand il dirigeait son armée d'arbres. De voir ce chêne non loin, tendu vers le ciel – même si sa vision s'affaiblit progressivement – lui rappelle que celui-ci lui offre un refuge où il pourrait s'allonger, un endroit qui ressemble au nid douillet de sa cabane, même s'il n'est pas exactement de même nature que son chêne et paraît plus jeune.

Ali avait toujours su estimer l'âge des arbres, reconstituer leur histoire et distinguer leurs différentes espèces. D'où lui venait cette connaïssance, mystère ! Aux dires des villageois, c'était la Rouquine qui lui avait transmis ses secrets, mais la vérité, c'est qu'il avait découvert par lui-même tout ce que recelaient les bois environnants, un monde qu'il avait touché du doigt et au milieu duquel il avait grandi, accumulant des connaissances sur les plantes et les arbres et glanant un savoir auquel n'accèdent en principe que les animaux sauvages.

Il essaie de ramper par à-coups, en s'aidant de ses coudes, et examine le terrain accidenté, rêvant de retrouver sa cabane. Il se rappelle comment il s'était posté au pied du tronc pour monter la garde quand Nahla était venue s'y réfugier, la nuit où ils avaient enterré son frère aîné. Il la surveillait, assise près de la paroi sans s'y adosser, les genoux rassemblés sur la poitrine, roulée en boule comme un hérisson. De temps à autre, il piquait du nez quelques instants, mais dès qu'il reprenait ses esprits, il se remettait à observer le dos bombé de sa mère. Il s'était tenu coi au pied de l'arbre, n'osant faire le moindre mouvement, et l'avait surveillée jusqu'à ce que le sommeil finisse par l'emporter.

Le matin venu, sa mère le réveilla en posant simplement la main sur lui, puis elle rentra à la maison tandis qu'il se hissait jusqu'à la cabane. Il resta là-haut longtemps à scruter le ciel, sa couette fastueuse roulée en boule là où il l'avait laissée la nuit précédente. En éprouvant la morsure du froid, il eut une pensée pour Nahla qui avait passé là toute la nuit sans couverture.

À présent aussi il repense à elle, et le temps s'écoule lentement, entrecoupé seulement de ses tentatives pour ramper vers l'arbre. Les branches enchevêtrées qui en forment la voûte se dévoilent à lui, avec leurs feuilles nervurées. Il devrait sans doute essayer de retirer ses rangers et de panser sa blessure – qui est sûrement plus qu'une blessure, mais il n'en sait rien à cette heure, et ne le saura sans doute jamais. Finalement, c'est peut-être une chance qu'il soit incapable de s'asseoir et de défaire ses bottes. Il enfouit sa tête dans le sol friable, prend une grande inspiration, avalant au passage de la terre qu'il recrache aussitôt. Il repense aux hyènes de la forêt, dont il connaît bien les cris depuis ses veillées à la cabane où il les a souvent guettées, jetant à terre des branches enflammées afin de les faire fuir.

Quand l'idée qu'il va mourir le traverse, l'image de Nahla montant à la cabane et y restant seule dans le froid se présente à lui. Le fait de la revoir, avec son dos voûté et si décharné qu'on dirait un arc de cercle effilé, lui procure une certaine force. Il se rappelle qu'elle était venue là vêtue d'un gilet de laine noir, et la tête ceinte d'un foulard blanc. Ah ! Ce visage aux joues fendillées ! Il repense à sa diction un peu hachée, elle bégayait parce qu'elle avait honte de ses dents à moitié brisées depuis qu'elle avait trébuché sur le talus près de leur maison : son corps avait dévalé la pente, retenu *in extremis* par les branches d'arbres, celles-ci l'avaient sauvée d'une chute horrible dans le gouffre de la vallée. Il repense aux dents de sa mère, comment elles s'entrechoquaient quand elle se mettait en colère.

Alors que ses paupières sont de plus en plus lourdes, il voit les branches entrelacées de sa cabane danser autour de sa tête tout près de lui. Il les voit comme il ne les a jamais vues : leur beauté insuffle en lui la satisfaction du travail bien fait – leur voisin avait déclaré qu'elle était fabriquée avec virtuosité et qu'il était un véritable artiste. Il avait reçu le compliment sans réagir, mais intérieurement il jubilait.

Il se revoit comme le garçon qu'il était alors, ce garçon qui est à présent en train de tournoyer au-dessus de lui en même temps que les branches. Il voit également la couette voler et danser avec le vent, et il se sent fier de sa mère et de ses « doigts d'or » – pour reprendre l'expression de ses voisines. Il tend la main pour attraper l'étoffe, mais ne ramène que du vide et retombe à plat ventre, le dos exposé au ciel. Cette manœuvre lui arrache un râle affaibli, car un nouveau point de douleur vient de se déclarer près de son oreille gauche, lui faisant comprendre qu'il est blessé à un autre endroit.

Il a maintenant une vision bien nette de l'arbre, nul doute qu'il est désormais à sa portée. Effectuant une nouvelle avancée, il découvre la cabane dans son intégralité, se donnant à voir telle qu'il l'a toujours connue, décorée avec les pots remplis par Nahla de basilic et de thym. Il voit également pendre les ficelles de chanvre avec lesquelles il a noué les branches entre elles à la manière de nattes, lestées des cailloux aux formes étranges qu'il était allé ramasser dans la forêt ; en se balançant au gré du vent, ils produisent des sons mélodieux.

Avant de fermer les paupières, il aperçoit de nouveau le dos voûté et tremblant de Nahla, et comprend que le mouvement de sa colonne vertébrale, qui cette nuit-là s'était élevée et abaissée en rythme, correspondait en réalité à des sanglots réprimés. Ce mouvement d'oscillation amenait son dos à toucher périodiquement la paroi de la cabane, dans une chorégraphie pleine de lenteur et de délicatesse. À chacun de ces contacts, les feuilles sèches attachées aux branches frémissaient, tout comme le font actuellement les feuilles autour de lui chaque fois qu'il s'avise de bouger.

11

Le dos voûté de Nahla est la dernière chose qu'il se rappelle avoir vu avant de perdre connaissance ; le ciel qui s'effiloche, dégageant un horizon de stries orangées sur lequel l'arbre se dessine en ombre chinoise. Il lui faudra encore plusieurs poussées avant de l'atteindre et d'en toucher le tronc. Il doit y grimper avant que l'obscurité de la nuit, qu'il ne connaît hélas que trop bien, ne survienne. Certes la lune ne le trahira pas, elle l'éclairera pour l'aider à repérer les contours des objets, mais elle ne s'est pas encore montrée, il ne la voit pas, même s'il la devine tapie quelque part. À cette période du mois, il devrait avoir droit à une pleine lune.

Il soulève la tête pour chercher l'autre des yeux. Comment l'appeler ? Son alter ego ? Son ennemi ? Il est maintenant si proche de lui qu'il distingue ses traits – c'est bien un visage d'homme – et même à y lire la peur qu'il éprouve à son égard. Mais oui, l'inconnu a peur de lui !

Lui-même se sent revigoré, sans savoir d'où lui vient ce sursaut qui l'a ressuscité.

Soudain il se rend compte que Nahla est là, debout sous l'arbre. Elle se penche et tend la main en direction de la couette qu'elle a patiemment confectionnée, jusqu'à s'en user la vue. La nuit de l'enterrement de son fils, elle était restée prostrée, soupirant sans verser une larme. Elle respirait avec difficulté, et s'était couvert les yeux d'un bandeau d'étoffe. D'ailleurs, jusqu'à maintenant, elle n'a jamais pleuré. Elle n'a plus de colère. Il sait à son sujet des choses qu'elle-même ignore, il faut dire qu'elle s'est beaucoup confiée à lui, tout comme la Rouquine…

Nahla s'était mariée à vingt ans. C'était une jeune fille moyennement belle, la septième d'une fratrie de dix. Ces frères et sœurs étaient descendus de leur montagne pour travailler dans les plaines, après que le père avait renoncé à cultiver le tabac. Ils s'étaient dispersés un peu partout, de même que les habitants du village qui pour plus de la moitié avaient migré, se répartissant entre plusieurs villes. Certains étaient allés s'installer à la périphérie de Damas, tandis que d'autres émigraient au Liban. Quant à ceux qui étaient restés, ils travaillaient comme journaliers sur les terres voisines du littoral, où émergeaient de nouvelles formes de culture du tabac – un tabac des plaines pour remplacer celui, artisanal, des terroirs montagneux.

Nahla se rendait donc en plaine pour travailler dans ces nouveaux champs où l'on cultivait du Virginia et du Burley. Les journaliers sortaient à l'aube et revenaient avec le coucher du soleil.

Nahla, cette femme au corps frêle et à la taille gracile, n'avait pas eu la chance de connaître l'amour. Si bien que lorsqu'un homme, plus âgé qu'elle de quinze ans et qui travaillait lui aussi comme journalier dans ces plaines, s'était rapproché d'elle, lui annonçant qu'il voulait l'épouser, elle avait été submergée de bonheur. Elle s'était dit qu'elle allait enfin tourner la page d'une vie de souffrances. En réalité, ce mariage n'avait fait qu'en ouvrir une nouvelle, placée sous le signe de la misère noire.

Elle avait eu avec lui six enfants, dont l'un décédé au bout d'à peine quelques mois. Elle voyait chaque nouvelle naissance comme un don que Dieu lui offrait, et elle n'osait pas récriminer contre la générosité divine. Son mari, dont elle disait qu'il travaillait « comme un taureau », la prenait de haut. Il proclamait que s'il ne l'avait pas épousée, elle en aurait été réduite à rester journalière au service d'autrui. Elle ignorait ostensiblement ses piques, se pinçant les lèvres et tordant le cou avant de regarder ailleurs.

Sa vie suivait une routine monotone, entrecoupée seulement de ses grossesses qui voyaient son ventre se gonfler et l'amenaient à s'occuper des boules de chair qui faisaient périodiquement leur apparition dans leur maison, sans cesser de répéter « Dieu est le suprême Donateur ». Les boules de chair en question, qu'elle avait élevées « au prix de son corps et de son sang » comme elle disait, étaient son bonheur secret. Elle éprouvait de la joie à voir ses petits grandir sous ses yeux, mais elle évitait de le manifester car cela attirerait sans nul doute la poisse et le mauvais œil.

Ses enfants avaient plutôt bien tourné à son sens. Son fils aîné avait décroché son baccalauréat avec mention bien. Ils n'avaient pas les moyens de l'envoyer à l'université, mais elle avait quand même eu la fierté de le voir intégrer l'armée comme engagé volontaire : cela signifiait qu'il vivrait dans la capitale et qu'il verrait le monde, pas comme elle qui n'en avait jamais eu l'occasion. Son deuxième fils, Ali, était peut-être un garçon bizarre, mais elle se disait qu'il serait un homme de religion pieux, et cela la comblait. Elle s'était appliquée à prendre soin de lui avec une attention empreinte de spiritualité. Quant au cadet, qui était le plus studieux, il était sa joie de vivre ! Il allait bientôt terminer ses études universitaires et, en attendant, l'aîné pourrait les aider, grâce à sa solde de militaire, à faire face aux dépenses du quotidien.

Pour ce qui était des filles, elle avait marié la première avant ses dix-sept ans, et la seconde, qui faisait encore ses études, semblait promise à un bel avenir comme le cadet des garçons. Nahla voulait qu'elle devienne médecin, à l'instar de quelques autres filles du village, ainsi lui serait-il épargné de vivre la vie détestable qu'avait vécue sa mère. Elle comptait l'envoyer à la capitale, chez son frère aîné, pour qu'elle poursuive là-bas son cursus.

Ainsi, elle avait tout planifié, dessinant précisément dans son esprit l'avenir de chacun de ses enfants. Elle était persuadée qu'en dépit de leur pauvreté, ils avaient le potentiel pour être accomplis.

Elle était encore fort vigoureuse, et continuait de descendre dans les plaines en compagnie de son mari pour y travailler. Elle avait organisé dans sa tête tout un monde, un monde austère et sans pitié, certes, mais suffisant en ce qui la concernait. Le reste, elle ne voulait rien en savoir.

Elle était perpétuellement à la tâche, et les gens, voyant qu'elle n'était jamais en repos de l'aube jusqu'à la mi-journée, maniant la pelle et retournant la terre sans relâche, la qualifiaient de « mule de travail », une réputation qui lui était désormais irrémédiablement accolée. Lorsqu'elle travaillait dans les champs de tabac, on pouvait la voir s'activer en silence, même durant les temps de pause, dévolus en principe à la prise des repas. Tandis que les autres journaliers s'interrompaient pour prendre leur déjeuner, elle se contentait de mâcher une galette de pain enduit d'huile et de sel, et continuait de piquer les feuilles de tabac. Elle ne se souciait guère des regards hostiles que lui lançaient ses coéquipiers, embarrassés par son excès de zèle. Elle se sentait obligée de trimer et de trimer encore, afin de mettre de côté un pécule qui la soutiendrait si le travail venait à manquer – l'ennui, c'est que ce pécule, elle ne parviendrait jamais à le constituer. Elle et son mari gagnaient juste assez pour faire cesser les gargouillements agitant le ventre de leurs boules de chair.

Ali se rappelle qu'elle se levait dès l'aube pour préparer les sandwichs de pain trempés dans l'huile et le thym que ses enfants emporteraient à l'école, puis nettoyait les abords de la maison avec le balai de paille qu'elle avait fabriqué elle-même. Avoir une maison toujours propre et sentant le frais était pour elle un impératif absolu. Ali se souvient également que leurs vieilles fripes gardaient en permanence l'odeur du laurier et du thym sauvage.

Lorsque ses enfants étaient encore petits, son mari avait pris l'habitude de frapper son épouse devant eux. Quand ils avaient grandi toutefois, il s'était mis à le faire à l'abri des regards. Il faut dire qu'un jour, en le voyant brutaliser sa mère, Ali l'avait mordu ; il ne s'était d'ailleurs pas contenté de cela, enchaînant par un coup de poing. Son père l'avait certes puni sévèrement de ce fait de gloire, lui administrant une bonne raclée avec la canne en grenadier avant de le ligoter des heures durant à un tronc d'arbre, mais de ce jour-là il avait fait montre de prudence et n'avait plus jamais osé la frapper devant lui.

Ali se remémore les changements survenus après l'enterrement de son frère et la « nuit de la cabane ». Nahla cessa de travailler dans les plaines, son père cessa de crier, et sa tante, la veuve, cessa de sangloter et de se lamenter. Il se souvient du silence qui enveloppa soudainement la maison.

Par la suite, sa mère se lança dans une entreprise qui avant cela aurait paru inimaginable : transformer le talus situé au pied de leur maison en terrasse cultivable. Ce travail, qui en principe aurait nécessité les bras de plusieurs gaillards, elle l'accomplit seule, s'armant d'une lourde hache qu'elle abattait sur la roche afin de la réduire en miettes.

Puis elle partit en maraude dans les ruelles du village, afin de récupérer les bidons de métal vides jetés par les riverains. Elle les remplit de terreau avant d'y semer différentes sortes de plantes et de fleurs. Elle déracinait les plantes sauvages de la forêt pour les transposer dans ses pots bizarres, qu'elle disposait ensuite tout autour de la maison. En quelques mois leur maison se transforma en une vraie ferme où l'on trouvait les plantes les plus variées. Il se rappelle qu'elle avait transporté de la terre depuis les champs des voisins et l'avait déversée sur la parcelle. Il s'amusait beaucoup à la voir charrier des bordées entières de terre, qu'elle disposait ensuite en plates-bandes plantées de persil, de menthe, de radis, d'oignons et de poivrons. Elle avait également semé des pépins de pomme, semis qui avaient grandi pour devenir de véritables pépinières, puis elle avait prélevé les plants et les avait remis en terre sur les deux côtés du sentier conduisant à leur maison.

Nahla ne s'était jamais rendue sur la tombe de son fils, et elle refusait d'aller au cimetière avec les femmes du village lorsque celles-ci partaient se recueillir sur la tombe de leurs enfants. Ses voisines avaient insisté un temps pour qu'elle les accompagne, mais y avaient renoncé depuis qu'un jour, elle les avait chassées brutalement de chez elle, non sans jeter à terre les rameaux de myrte qu'elles lui avaient apportés pour le cimetière.

Ali n'a pas le souvenir d'avoir entendu la voix de sa mère après la mort de son frère. Lorsque son mari était rentré seul de son séjour dans les plaines et l'avait informée qu'une patrouille avait arrêté Ali pour l'incorporer dans l'armée, elle s'était contentée d'une seule phrase : « Puisse Dieu t'envelopper de Sa colère, tu aurais dû les tuer tous un par un pour les empêcher de l'emmener ! » Là-dessus elle était retombée dans son silence. Elle lui interdisait désormais de la frapper, et de fait il n'avait plus jamais osé lever la main sur elle. Devant les autres, il s'était toujours gargarisé de sa force et de son emprise sur elle, mais après la mort de son fils aîné, il s'était mis à pleurer aux pieds de son épouse, la suppliant de bien vouloir lui parler. Elle restait debout, silencieuse comme une statue de pierre, puis détournait la tête, sans même lui adresser un regard.

Ali se souvient parfaitement d'elle – Nahla la frêle, la sautillante… Le souvenir qui remonte ensuite est le blanc, qui était devenu la couleur préférée de sa mère dans les derniers temps qu'il avait passés à ses côtés, s'attachant à elle comme à son ombre. Il l'avait aidée à repeindre la maison à la chaux blanche. Elle commençait par poncer vigoureusement les murs intérieurs et les façades, puis les enduisait de chaux, passant également une couche sur les pots à plantes et les bacs, et même sur les petits cailloux qu'elle avait disposés des deux côtés de la route pour baliser l'accès jusqu'à la maison. Elle lui faisait signe de la main, ou esquissait un geste du doigt, ou encore poussait des borborygmes qui ne lui étaient pas vraiment adressés, pour lui faire comprendre que cette blancheur serait proche du cœur des saints bienfaiteurs, que son éclat permettrait à l'âme de son fils défunt de trouver plus facilement son chemin jusqu'à elle.

Lorsque Ali essayait de lui parler, elle l'ignorait, ne lui jetant pas même un regard. Il revoit leurs mains, les doigts blanchis de sa mère et les siens, en train d'interagir harmonieusement. Ses frères et sœurs surveillaient leur manège sans rien dire, le mutisme étant devenu partie intégrante de la vie de ce foyer. Ali conserve un souvenir vif de ces moments, sa mère lavant les murs intérieurs de la maison puis les repeignant à la chaux vive, avant de poursuivre avec les autres murs et les façades extérieures. Elle avait réitéré l'opération plusieurs fois, et personne n'avait osé l'arrêter.

Ali se souvient qu'elle le rejoignait souvent près de son arbre, où elle passait beaucoup de temps sous les branches à fixer le ciel. C'était le début d'un nouveau rituel au terme duquel elle viendrait régulièrement nettoyer sa cabane, collectant toujours plus de ses étranges cailloux, qu'elle suspendait à l'aide de ficelles de chanvre aux parois de bois. Ensuite, elle repartait dans la montagne, pour en revenir peu après avec diverses plantes qu'elle utilisait pour préparer le repas de ses enfants.

Avant que les soldats de la patrouille n'interpellent son fils, amenant Nahla à invoquer sur son mari la foudre divine, elle avait planté suffisamment pour qu'ils puissent désormais se passer d'acheter des légumes. Ali l'avait aidée à creuser des sillons dans la terre, puis à découper les lamelles de plastique dans lesquelles elle fabriquait des caches pour protéger ses plantes du gel. Les gens des plaines les appelaient « maisons de plastique » et y faisaient pousser les légumes. Nahla avait ainsi fabriqué des dizaines de ces petites maisons, chacune d'elles constituait un des paliers de la terrasse qu'elle avait aménagée sur la colline avant d'y déverser du terreau et d'y cultiver des légumes variés. Son mari se réjouissait de ces réalisations, car la guerre avait fait d'eux des affamés.

Assez vite cependant, ces tâches avaient rejailli sur la posture de Nahla : Ali avait vu son dos se voûter progressivement, s'arquant chaque jour un peu plus pour se rapprocher du sol. Elle avait l'air d'une petite vieille, plus vieille même que la Rouquine, dont il se murmurait pourtant qu'elle avait le même âge que les arbres.

Elle est là, il la distingue clairement, mains nouées autour de la taille, avec son tablier maculé de traces de chaux blanche. Elle prélève un plant quelconque, il ne voit d'elle que le haut de son corps s'activant devant lui, et hume l'odeur du thym sauvage qu'elle utilisait dans sa cuisine. Elle avait l'habitude de mélanger les épices pour créer des plats agrémentés de saveurs nouvelles que les siens engloutissaient voracement.

Un matin, ils l'avaient surprise affairée à construire un four en terre cuite au pied de l'arbre. Ensuite, elle avait acheté de la farine avec le produit de la vente de ses plantes et entrepris de préparer elle-même leur pain – désormais elle n'avait plus besoin du monde extérieur.

Ali ne guettait pas ses humeurs comme le faisaient ses frères, il s'amusait plutôt à imiter ses gestes, sa manière de se déplacer et de se comporter. Il n'avait pas besoin d'échanger avec elle pour la comprendre, et quelques jours ne s'étaient pas écoulés que déjà ils travaillaient harmonieusement côte à côte au cours de longues séances silencieuses.

Mais voilà que la silhouette de Nahla apparaît devant lui, elle lui adresse ce regard complice qu'elle avait l'habitude de lui lancer pour lui indiquer sa prochaine tâche. La moitié supérieure de son corps, qui lui est apparu sous l'arbre qu'il cherche à rejoindre, prend soudain son envol pour aller planter un semis de thym sauvage dans un caillou, lequel se met aussitôt à tournoyer dans les airs avec elle.

De sa main blanchie par la chaux, elle lui fait signe d'approcher, tout en lançant vers lui les feuilles de thym, dont le parfum commence à se diffuser dans l'air. Ali se propulse vers elle sans qu'elle sorte de son silence. Si seulement elle pouvait parler ! Si seulement elle pouvait dire quelque chose, n'importe quoi ! Il ferme les yeux, essayant de la revoir comme elle était avant la mort de son frère, mais l'image reste figée sur la Nahla d'après, avec son corps jamais en repos, agité de mouvements saccadés, les traits sévères, le regard grave. Ses yeux, il les distingue clairement tandis qu'il se projette vers l'avant ; bien que l'obscurité soit presque complète, il remarque à quel point ils sont vides. Il revoit ses doigts blanchis par la chaux repeignant les murs de la maison, puis saisissant les bords du cercueil.

Il se rend compte qu'il la voit par l'esprit et non par le regard. Comprenant qu'elle lui fait signe de s'approcher davantage, il redouble d'efforts pour ramper plus avant, et finit par se retrouver à un mètre à peine de l'arbre. Il pousse un soupir de soulagement, puis ferme les paupières afin de la voir plus nettement encore, espérant qu'elle lui adressera un sourire comme elle le faisait avant la mort de son frère.

Puis il se dit qu'à défaut de rester en vie, il lui faut au moins honorer la promesse qu'il a nouée envers lui-même, à savoir garder son corps intact afin que Nahla puisse le voir une dernière fois dans son intégrité lorsqu'elle lui fera ses adieux, ce qui lui évitera d'être malmenée à son enterrement comme elle l'avait été à celui de son frère.

Il rampe encore et encore, en quête de la silhouette de Nahla, et avant de perdre de nouveau conscience, comprend que cet évanouissement qui le frappe de temps à autre est en passe de devenir chronique. Il fournit un effort ultime, et grâce à cette impulsion plus puissante que les précédentes, sa tête vient enfin toucher le tronc d'arbre. Au même moment, il entend du côté opposé un claquement bien reconnaissable. La tête de son alter ego vient elle aussi de heurter le tronc.

Cette fois, il se laisse sombrer sans résistance. Derrière ses yeux clos, une certitude s'empare de lui : cet être mystérieux n'est pas venu là pour le tuer.

12

Le noyau noirâtre recommence à danser autour de lui, cette tache sombre, ce poinçon de haine qui s'est gravé en lui lorsqu'ils l'ont piétiné.

À quelle sérénité aspire-t-il à présent ? Toutes les réminiscences et les angoisses qui remontent à sa conscience l'accablent, plus il fait son introspection et plus il mesure la calamité qui est la sienne. Il garde parfaitement en mémoire cette funeste journée.

Devant le portail d'acier à ouverture automatique, le vieil imam lui révéla que tous les dispositifs du château, depuis la fermeture des fenêtres jusqu'à l'arrosage des arbres et des plantes, étaient actionnés à partir d'une pièce remplie d'écrans de contrôle. Il lui annonça également qu'il allait assister à un spectacle comme il n'en avait jamais vu, un processus appelé « technologie » commandé depuis un ordinateur portable manœuvré par un ingénieur spécialisé.

Il franchit le portail en tremblant – moins toutefois qu'il ne tremble en ce moment en rêvant de s'envoler jusqu'à la branche de l'arbre. Il était en compagnie du vieil imam qui s'employait à lui expliquer tout ce qu'il découvrait au gré de ses regards stupéfaits. Dire que ce château n'était situé qu'à dix minutes de marche de chez lui, et pourtant il l'avait oublié, peut-être aussi parce qu'il ne l'avait jamais vu que de l'extérieur.

Un endroit indicible, entouré d'un halo de peur, de prestige, de mystère, et aussi de force. Que s'est-il donc passé pour que les puissants de ce monde leur ouvrent, à lui et aux autres gueux du village, les portes de leur fief ? Pourquoi ces puissants s'obstinaient-ils à faire des offrandes ? Et où étaient-ils actuellement ? Et qui étaient-ils vraiment ?

Ali se rappelle sa marche au côté du vieil imam alors qu'ils se préparaient à célébrer l'Aïd al-Ghadir, la fête commémorant le jour de miséricorde où le prophète Mouhammad avait saisi la main de son cousin paternel Ali, avant de s'exclamer en la levant bien haut : « De quiconque je suis le maître, Ali en est également le maître. » C'est l'explication que l'imam du village lui donna, en insistant pour qu'il assiste à la cérémonie. Il avait fait de lui son disciple et l'emmenait partout depuis qu'il avait vu son âme s'ouvrir à la spiritualité et perçu sa piété enracinée. Il guettait sa manière si particulière de scander « *Allahu akbar !* » ou bien ses attitudes, ô combien différentes de celles des jeunes d'aujourd'hui. Quant à Ali, il lui plaisait de songer à cet imam comme à l'un de ces inspirateurs qui le guidaient depuis son enfance, au premier rang desquels son saint favori, celui qui avait son portrait sur le grand panneau du mausolée.

Le monde qu'il découvrit ce jour-là était incroyablement fastueux. Jamais il n'aurait imaginé, même dans ses rêves, qu'un tel endroit pût exister. Cette splendeur omniprésente dépassait l'entendement, à moins d'admettre d'emblée l'irréalité du lieu. Des arbres de tailles et d'allures variées se répartissaient autour d'un édifice massif, des espèces étranges qu'il n'avait jamais vues auparavant, certaines naines, d'autres géantes, dont il apprendrait par la suite qu'elles étaient originaires tantôt du Japon, tantôt des tropiques.

Parmi eux figuraient trois palmiers, dont la hauteur vertigineuse le fascinait. Quand donc avaient-ils eu le temps de pousser ? Le vieil imam lui apprit qu'Al-Zein les avaient importés tels quels avant de les acheminer jusqu'au château de son père. Ali se sentit mal à cette idée : il imaginait les trois palmiers arrachés à leur sol, allongés tels des cadavres, et cette vision l'accablait. Leur ombre se reflétait sur la façade du large édifice, qui semblait bâti dans un verre trempé suffisamment solide pour résister à toute tentative d'effraction. Seule la lumière pouvait le transpercer, du moins est-ce ce qu'il pensa, tout en gardant les lèvres serrées afin de ne pas pâlir ou laisser paraître ses émotions – depuis quelque temps, il s'était mis à les contrôler davantage, cela faisait partie des exercices qu'il pratiquait avec son imam pour s'accoutumer à son nouveau monde.

L'image d'Ali aux yeux des villageois était d'ailleurs en train de se transformer. Certes ils le trouvaient toujours aussi lunatique, mais depuis peu il semblait plus bienveillant et plus raisonnable. Cette sagesse polie leur avait d'abord paru un signe de folie, en ces temps de guerre où les gens se criaient dessus et se querellaient pour les raisons les plus futiles. Ali, au contraire, restait calme et se montrait « plus patient que jamais », pour reprendre l'expression de l'imam. Dans ses échanges avec son mentor, il adoptait une attitude assez particulière. En réalité, il s'agissait moins d'un dialogue que d'un discours à sens unique : l'imam parlait et lui écoutait. En voyant que le garçon était destiné à devenir le servant de la Demeure, les villageois avaient commencé à lui témoigner une certaine estime.

Pour occuper cette fonction, on n'avait pas forcément besoin d'être un grand connaisseur des questions religieuses, néanmoins Ali s'était montré désireux de franchir une étape dans sa nouvelle vie en apprenant les bases de la foi auprès du vieil imam du village. Celui-ci était un des rares religieux restés fidèles à ces montagnes, diffusant un savoir spirituel ancré dans le lien avec la nature et avec la vie, selon le mode d'existence suivi avant eux par leurs aïeux.

L'homme jouissait d'un grand respect parmi les villageois et s'estimait responsable de chacun d'entre eux, c'est lui qui les mariait, qui les répudiait et qui réglait leurs problèmes, tant et si bien qu'ils s'en remettaient à lui pour apaiser leurs malheurs. Enfin, il ne ménageait pas sa générosité à leur égard, quand bien même il vivait dans un dénuement presque total.

Hélas il appartenait à l'ancienne génération d'imams, ceux qui avaient perdu depuis quelques décennies leur autorité spirituelle et sociale au profit des « nouveaux religieux » – comme l'imam attaché à Al-Zein –, lesquels n'hésitaient pas à les ridiculiser. Heureusement, les villageois leur avaient conservé toute leur estime, une estime qui s'était consolidée au cours de longues années et qui tenait à la fois à leur piété notoire, à leur lignage religieux et aussi à leur histoire familiale, que les gens n'étaient pas prêts à oublier.

« Les âmes des croyants seront élevées au cours de leurs vies successives jusqu'à atteindre leur lumière suprême ! » déclarait-il à Ali, lui promettant qu'il serait bientôt gratifié du savoir religieux, et que le temps viendrait où il saurait comment conduire sa vie de manière vertueuse et se mettre au service du bien. « Dieu est dans ton cœur, Ali ! Dieu est partout et en tout lieu ! » lui martelait-il sans cesse.

Pour le dire simplement, l'imam avait pris possession des différents mondes dans lesquels évoluait Ali, c'est pourquoi ce dernier ne protesta pas lorsque son mentor lui demanda de l'accompagner pour les célébrations de l'Aïd al-Ghadir au château d'Al-Zein. Celui-ci avait organisé les offrandes, ordonnant à ses hommes de rapporter deux veaux et deux moutons, et avait fait venir son imam personnel, qu'Ali appelait le « néo-imam ».

Pour convaincre Ali, le vieil imam fit valoir que l'opération aurait au moins le mérite de nourrir les pauvres. De fait, il avait une logique à lui que son jeune disciple ne comprenait pas toujours. « Chacun d'entre nous est libre de poursuivre son aspiration, lui expliqua-t-il. Al-Zein aspire au pouvoir ? Soit ! Sommes-nous son dieu pour vouloir le juger ? Il aura droit à sa juste rétribution dans tous les cas. Et nous autres, à quoi aspirons-nous en ces temps de dureté ? Nous aspirons à nourrir ces pauvres ! »

Là, le vieil imam s'interrompit, et Ali, tandis qu'il contemplait le château d'Al-Zein, sentit germer en lui ce petit noyau noir, qui, à partir de ce jour-là, commença à grandir jusqu'à atteindre la taille d'un pois chiche avant de se fixer à l'intérieur de son cœur. Ensuite, il admira la réfraction du ciel bleu et des nuages sur la grande piscine, contempla les arbres et les plantes étranges, les fleurs multicolores, et puis toute cette foule d'hommes armés en train de s'agiter. Tout ce décorum lui rappela les innombrables légendes de palais et de sultans qu'il avait entendues naguère de la Rouquine.

Le château était surmonté d'un dôme qui brillait de tous ses feux sous le soleil. Cette construction à la beauté presque douloureuse l'émerveillait, le soleil avait transformé le dôme en une sphère flamboyante parcourue de motifs ornementaux et de teintes moirées où dominait la couleur bleue.

Il put enfin découvrir le visage d'Al-Zein lorsque celui-ci fit son entrée, flanqué de son imam personnel qui marchait à quelques pas derrière lui. Tous deux vinrent saluer le vieil imam. Le maître des lieux savait pertinemment que pour la plupart les villageois ne l'aimaient pas. Au plus profond d'eux-mêmes, ils avaient compris que leurs enfants sacrifiaient leur vie pour qu'il sauve la sienne, et ce sans qu'ils puissent émettre la moindre protestation. On connaissait bien le châtiment réservé à ceux qui osaient s'opposer à lui, et nul n'ignorait l'autorité dont il jouissait aussi bien ici que dans la capitale. La peur était consubstantielle à leur vie, cette peur qu'Ali avait éprouvée à leur côté, une peur complexe, protéiforme, qu'il ne comprenait pas bien, mais qu'il allait hélas expérimenter ce jour-là.

Il repense à la Rouquine, dont les villageois affirmaient que les hommes d'Al-Zein l'avaient fait disparaître pour la punir de lui avoir craché au visage. De son côté, il culpabilise de l'avoir trahie. Après sa disparition, il avait tenté de la retrouver, mais avait cessé ses recherches au bout de trois semaines. Il lui avait semblé l'apercevoir une fois, debout tout en haut de la montagne, et il lui avait même semblé qu'elle l'appelait. Un jour, leur voisine avait déclaré l'avoir vue descendre dans la vallée avant de disparaître au milieu des bois. Une autre fois, il avait cru la voir grimper à l'arbre du sanctuaire ; il avait essayé de la rattraper, en vain.

Oui, il a conscience de l'avoir trahie. Pas seulement lui d'ailleurs, mais tous les habitants du village, trop absorbés à enterrer leurs enfants décédés et à garder vivants ceux qu'il leur restait pour se préoccuper d'elle.

Il aurait voulu se retirer, fuir ces jardins entourant le château et plus généralement tout ce monde parfaitement ordonné et régenté dans lequel les roses et les autres fleurs avaient été forcées à l'intérieur de figures géométriques – triangles et rectangles de verdure –, où l'on avait défiguré et enlaidi les arbres en les taillant brutalement pour former des haies d'où ne s'exhalait plus la moindre senteur. Il était affligé de ne même plus voir leurs branches, réduites à l'état de pauvres moignons. De l'autre côté, dans l'angle de la palissade haute de quatre mètres qui isolait le château du monde extérieur, une grande table avait été dressée devant la piscine, et on y avait disposé toutes sortes de fruits qu'il n'avait jamais vus auparavant. De l'ombre était ménagée au moyen d'un auvent en pierre, surmonté d'une toiture de briques rouges.

Voyant que son cœur se serrait à ce spectacle, le vieil imam saisit sa main et lui demanda de se calmer. L'homme était au nombre de ceux qui savent voir ce qui reste invisible aux gens ordinaires, et il avait immédiatement senti à quel point le cœur d'Ali était assombri, tout comme il avait capté le dérèglement de sa respiration. Lorsqu'on n'a face à soi que deux options toutes deux mauvaises, lui souffla-t-il, il faut choisir celle du moindre mal.

Pendant que les hommes se rassemblaient, le vieil imam s'avança vers une dépendance située dans l'enceinte du château, et lui fit signe de le suivre. Il s'agissait d'un logement composé de trois pièces où dormaient les domestiques. Cela lui rappela sa tante maternelle, qui avait passé sa vie à servir ici… Puis il vit des femmes affairées à la cuisine, flanquées d'un groupe d'hommes qui les surveillaient tout en tenant des conciliabules. Ali reconnut les femmes de son village, qui du reste ressemblaient à sa mère – elles avaient le même dos voûté, les mêmes doigts secs, tout juste étaient-elles peut-être moins têtues qu'elle.

Il savait déjà, depuis l'incident du sanctuaire lointain, que les femmes qui avaient leurs règles devaient éviter d'être présentes lors des célébrations et surtout s'abstenir de toucher les offrandes, car elles étaient considérées comme impures.

Il se faufila au milieu de la multitude, et son mentor le laissa un moment pour s'absorber dans l'examen des offrandes en compagnie du nouvel imam qui avait la haute main sur l'organisation des festivités. Le vieil imam se montra toutefois volontaire pour superviser la juste répartition des rations de viande. Ali rapprochait ce comportement de la remarque antérieure de l'imam : « Pourquoi crois-tu que cette journée s'appelle fête de la Miséricorde ? » Durant tout le temps qu'il passa à ses côtés, Ali ne le vit jamais en train de manger, et l'homme s'abstint de prélever la ration à laquelle il avait droit. Il ne révélait à personne son rôle dans la distribution de viande aux pauvres. « Nous devons conserver aux gens le peu de dignité qui leur reste », expliqua-t-il à Ali, qui comprenait mieux à présent pourquoi le vieil homme partait la nuit en maraude, hors de la vue des villageois, pour laisser les rations de viande à leur porte.

Malgré tout cela, Ali était soucieux… Al-Zein ne daignait même pas lui adresser un regard, gardant les yeux fixés dans le vague et se détournant des gens qui se trouvaient autour de lui. Le maître des lieux était vêtu d'un survêtement de sport et chaussé de baskets blanches qui brillaient sous l'éclat du soleil. Il se mouvait avec sérénité au milieu de ses hommes, qui l'entouraient en exhibant leurs armes étincelantes ; à chacun de leurs mouvements, l'éclat du soleil les transformait en rayons acérés qui se réverbéraient sur les arbres taillés en haies. Ali avait contemplé un moment le spectacle avant de fermer les yeux.

Il aurait voulu prendre à témoin l'imam que ces armes n'avaient pas leur place ici en ce jour béni, mais il n'osait pas ouvrir la bouche. Il comprenait mieux maintenant pourquoi les habitants du village se comportaient ainsi. Il avait eu un avant-goût de cette peur qu'ils ressentaient, et cela lui avait laissé une impression détestable.

Lorsque les fidèles se pressèrent à l'intérieur en prévision de la prière, il ne fut pas autorisé à les suivre, aussi se contenta-t-il de les observer de loin à travers la fenêtre. Les hommes en armes s'étaient éclipsés et un silence recueilli s'était installé. Quant aux femmes, elles s'étaient repliées à l'intérieur de la dépendance des domestiques, sous la surveillance de deux cerbères.

Il ne saurait dire combien de temps il passa ainsi, égaré au milieu de tous ces gens.

Peut-être est-ce le moment, maintenant qu'il est cloué au sol par sa blessure, prêtant l'oreille au silence, de repenser à cet Al-Zein et à la peur que sa présence-absence suscitait dans les yeux des villageois : ils n'avaient que peu d'occasions de le voir, mais son emprise sur eux n'en était pas moins continue. Ils ne pouvaient faire autrement que le craindre comme ils avaient craint son père quelques décennies plus tôt.

Al-Zein exerçait son autorité aussi bien sur les hommes de religion que sur ses sbires – il y en avait plus de vingt, armés jusqu'aux dents – qui se pavanaient au milieu des gens en maniant tantôt de volumineux téléphones, tantôt des mitraillettes… Certains étaient originaires du village, d'autres des villages voisins.

Un type comme Al-Zein avait-il vraiment besoin d'un aussi grand nombre d'hommes de main ? Et qu'est-ce qu'ils fabriquaient avec lui ? Et comment vivaient-ils ? Et où trouvaient-ils tout cet argent ? Ces questions le tourmentaient, mais il n'osait pas les soulever par crainte de se ridiculiser. De plus, il craignait de s'approcher d'eux, les sentant capables de l'avaler tout cru, pour cela il leur suffirait de lui décocher un de leurs regards durs comme la pierre où se lisait clairement tout le mépris qu'ils lui vouaient, à lui comme à ses semblables.

À l'inverse, Al-Zein parlait aux gens avec douceur et amabilité, esquissant un sourire chaque fois qu'il saluait l'un d'eux sans pourtant jamais les regarder dans les yeux, pour tout dire il semblait ne pas les voir, même quand il était au milieu d'eux, et se contentait de présenter ses condoléances lorsqu'ils avaient un enfant à enterrer.

En quittant le monumental château sans prendre le temps de dire au revoir à son imam, Ali se jura de ne plus avoir affaire à cet Al-Zein, il ne voulait plus jamais aller chez lui, ni même le croiser par hasard.

Il se souviendrait de ce jour-là comme d'une célébration totalement étrangère à la vie qu'il menait dans son village de montagne éloigné. Cette fête ferait figure, non seulement pour lui mais pour toutes les personnes qui en entendraient parler, d'événement hors du monde, comme si au fond la guerre n'était pas en train de se répandre à travers les villes et les campagnes, comme si elle ne se déployait pas dans le nord du pays comme dans son sud. Comme si ce à quoi ils se livraient ici était un conflit d'un genre différent, qui les tuait de l'intérieur et faisait mourir des milliers de leurs enfants. Ce conflit-là, Ali en ignorait la réalité profonde, les interrogations le rongeaient, et tout ce qu'il entendait le laissait perplexe.

La beauté d'Al-Zein l'effrayait, car il dégageait l'image presque irréelle de l'homme parfait. Il aurait tout à fait pu s'enfuir loin d'ici, loin de cet endroit d'où les jeunes partaient en vie pour ne revenir que dans des cercueils, et pourtant il restait là : c'est lui-même qui enterrait les jeunes et distribuait ensuite à leur famille des rations de viande suffisantes pour faire taire la faim qui leur tenaillait le ventre. Ali revint à lui et l'idée le traversa qu'il mangeait le corps de son frère ; ses articulations flageolèrent face à la violence de cette pensée. Il en demanda pardon à son Seigneur.

Par la suite, l'imam l'oublia un peu dans le chaos de cette journée, l'abandonnant pour suivre les hommes à l'intérieur du château. Lui n'avait pas été autorisé à entrer, mais il réussit tout de même à tromper la vigilance des gardes en se postant derrière une large baie vitrée. Celle-ci était protégée par des rideaux opaques mais une petite fente permettait de distinguer l'intérieur.

De là, il voyait les hommes former une ronde en se tenant les mains, et parmi eux un jeune homme qui portait un encensoir. Le rituel auquel ils se livraient s'appelait « le sacre de l'encens ». Plus tard, l'imam lui fit savoir que d'ici quelques années, ce serait lui, Ali, qui dirigerait ce rituel.

Il les observa, tétanisé, tandis qu'ils marmonnaient des incantations en se donnant la main. La fente étroite entre les rideaux n'autorisait qu'une vision un peu floue ; il essaya de lire sur leurs lèvres, faisant fi des mises en garde de l'imam selon lesquelles quiconque entendait leur prière secrète serait frappé de surdité, il était trop curieux pour se retenir d'espionner tous leurs faits et gestes. Ce jour béni était l'une de leurs douze fêtes religieuses, et c'était le plus proche au cœur d'Ali, qui rêvait du jour où on l'autoriserait à pénétrer à l'intérieur avec eux. Il sentit ses extrémités se détendre, et leva les mains pour saisir les leurs, puis il ferma les yeux et s'imagina décollant du sol pour voler avec eux, tête contre tête, corps disposés en cercle et flottant dans les airs. Soudain, la ronde au milieu de laquelle il volait se désintégra sous l'effet d'un cri perçant : « Eh, toi, qu'est-ce que tu fabriques ici ?! »

Le garde qui avait crié l'attrapa par le bras pour le tirer autoritairement loin de la fenêtre, avant de le jeter au sol et de poser un pied sur son cou. Ali, qui n'avait pas fermé les yeux, voyait l'avant de sa chaussure. Tout de suite après, il sentit le canon de la mitraillette contre son crâne. L'arme pressait sa tempe et la botte lui écrasait le cou. Il se mit à trembler. « Debout, maintenant, dégage de là ! » finit par hurler l'homme armé de la mitraillette et chaussé du gros godillot qui lui avait laissé des traces rouges sur le cou.

Ali se rappelle qu'il portait ce jour-là une veste de coton bleu ; le canon de la mitraillette pressait si fort contre sa tête qu'il avait failli la transpercer. Après être tombé, il leva les yeux vers le ciel, qui n'était pas aussi blafard qu'aujourd'hui. Depuis sa position allongée, il repense à cette chute et à ce qui s'est ensuivi…

À la grande table dressée près de la piscine, un homme était assis. Il avait placé un revolver à côté de lui et allumé un ordinateur pour y surveiller quelque chose. En le voyant, l'homme quitta soudainement sa place pour accourir vers lui et, arrivé à sa hauteur, lui administra une grande gifle. Ali repensa à l'hébétude de la Rouquine quand elle avait chancelé après avoir été bousculée par les hommes d'Al-Zein, à l'enterrement de son frère. Il était pris de panique, en proie à une terreur infinie qui lui figea le sang dans les veines. Après s'être relevé, il prit ses jambes à son cou pour fuir le plus loin possible de ces jardins, non sans entendre dans sa course les éclats de rire des hommes et leurs railleries. Il en avait oublié son imam, ne pensant à rien d'autre qu'au canon de la mitraillette.

Il voyait le vide de son cœur et sentait les graines de la malveillance et de la haine germer à l'intérieur, ce qu'il appelait ses points aveugles, qui lui soufflaient des mauvaises pensées. Il courut encore et encore, à en perdre le souffle. Les villageois le virent cavaler comme s'il volait, dégringoler à travers les terrasses puis remonter pour atteindre la falaise rocheuse. Là, il se tint debout un moment, puis, s'approchant de l'abîme, écarta les bras, posant les pieds tout près du bord. Il ne voyait plus rien devant lui – oubliés l'Aïd al-Ghadir et la miséricorde dont on doit faire preuve envers ses semblables. Les montagnes avaient disparu, ainsi que le ciel et tout ce qui l'entourait. Les yeux fermés, il imaginait deux petites ailes lui poussant dans le dos, des ailes qui le porteraient suffisamment pour qu'il vole, sans même avoir besoin de prendre appui sur les branches.

Il repensait à sa tante, à laquelle des ailes avaient poussé et qui avait réussi à s'envoler. Lui aussi avait envie de sauter. Il avait envie de voler.

Il revoit la scène : alors qu'il prenait son élan pour sauter, un cri lui parvint du lointain. C'était la voix de Nahla, lancée à sa poursuite. Elle finit par le rejoindre, à bout de souffle, avant de pousser un hurlement d'effroi. Il la regarda tristement et fit un pas en arrière. Il ne pensait plus au château, ni même au vieil imam qui était encore en compagnie d'Al-Zein, et n'avait plus envie de s'envoler depuis le bord de la falaise.

Il lui avait suffi d'apercevoir Nahla courant dans sa direction pour comprendre que l'obsession maternelle n'était pas seulement une manifestation d'amour, mais aussi l'une des nombreuses cordes qu'on lui avait passées au cou.

13

La lune s'est enfin montrée.

Il la voit distinctement à présent. Il appuie sa tête contre le tronc d'arbre et prête l'oreille aux stridulations des insectes qui retentissent autour de lui. S'armant de volonté, il lève les mains énergiquement. Il n'a repris ses esprits que depuis une minute, et s'émerveille du spectacle de la lune éclairant les arbres. Il lui semble voir plus nettement dans l'obscurité, oubliant pour un temps l'inconnu derrière l'arbre, d'autant qu'il ne l'entend plus.

Il retient sa respiration pour estimer à quel point ils sont proches, mais n'entend que le bourdonnement des insectes. Il connaît bien le royaume des êtres invisibles qui courent et s'agitent autour de lui. Dans son imagination, ils atteignent une taille géante, après s'être nourris de la clarté lunaire, leurs pattes ont poussé… six ou sept appendices géants glissent dans sa direction. Il y a aussi deux yeux rouges que darde sur lui une sorte de sauterelle, ses globes oculaires se sont transformés sous l'action de la lune en deux cavités embrasées par le feu. Puis c'est une mouche noire munie d'ailes bleues qui fait son apparition. Elle aussi ne cesse de grandir, il distingue clairement les veines marbrant ses ailes transparentes.

Un temps, il se demande s'il ne s'est pas trompé : est-ce que ce ne serait pas le soleil qu'il a confondu avec la lune ? Il ferme les yeux, gratte le bout de son doigt contre l'arbre, entend bien le bruit du frottement. Il a un sursaut d'énergie à l'idée que sa présence est ressentie par d'autres : après avoir entendu son grattement, des créatures invisibles se sont mises en mouvement dans la forêt. Qu'il ait senti le poids de leurs petites pattes sur son corps montre que ce n'était pas une hallucination. Toutefois, leur picotement, qu'il a décelé à travers ses épais vêtements, a quelque chose d'inhabituel. Quelle partie de son corps arpentent-ils ? Il peut voir leurs silhouettes géantes tournoyer autour de lui, on dirait des monstres sur le point de l'avaler ; il a beau savoir que ce ne sont que des insectes rampants, l'illusion l'emporte. Il ne devrait pas avoir peur, combien de fois lui est-il arrivé de jouer avec eux, quand il était perché là-haut dans sa cabane, et aussi lors de ses expéditions secrètes dans la forêt, lorsqu'il les attrapait et leur arrachait les ailes pour les étudier ? Aujourd'hui il est trop faible pour se les représenter en esprit ou même pour se souvenir de leurs noms.

Leur taille dépasse maintenant la sienne et ils lui tournent autour à la lueur de la lune. Il peut voir leurs yeux de braise le fixer. Il tend les bras, les passe autour du tronc d'arbre massif, ses paumes râpent contre le bois hérissé d'échardes, il les ramène devant ses yeux et découvre les petites griffures d'insectes noirs qui se sont amalgamées à la blessure, une plaie bien profonde qu'il n'avait pas remarquée tout à l'heure. Puis il aperçoit ses membres qui ont pris leur indépendance du reste de son corps et orbitent désormais autour de l'arbre. Il reconnaît parmi eux son talon tranché, ses pieds qui s'éloignent de lui en marchant tout seuls, ses mains qui grimpent au tronc d'arbre. Et tiens…

Pour une surprise ! Voici le haut de son corps revêtu d'habits élégants et propres, ceux qu'il portait en ce jour où ils avaient patienté, lui et son père, sur la place du village, guettant l'arrivée de son frère cadet. Il revoit la scène : c'était un jour pas comme les autres, puisqu'un enfant de la famille faisait son entrée à l'université. Ali était vêtu de ce même pantalon qu'il voit à présent tournoyer autour de lui avec ses jambes à l'intérieur, puis rattraper les manches de sa chemise qui elles aussi gravitent devant lui, avec ses doigts qui en dépassent. En revanche il ne voit ni son torse ni sa tête. Il regarde vers la droite, puis vers la gauche, dans l'espoir d'apercevoir les parties manquantes, mais il n'y en a aucune trace.

De nouveau, il se tourne en direction de la lune, l'astre plein est bien visible, cela signifie qu'il n'est pas victime d'une hallucination. Ses membres sont bel et bien en train de se séparer de lui, et il assiste à ce spectacle, sauf qu'il ne s'agit pas de lui… Mais est-il seulement prêt à accepter cette idée ?

Ces vêtements qui volent autour de lui en même temps que ses membres, il se souvient bien de les avoir portés ce jour-là : il faut dire qu'il n'avait jamais eu la chance auparavant de disposer d'habits neufs. Parmi ses nombreux talents, Nahla possédait celui de recycler les vêtements usagés, tout comme elle recyclait la nourriture, la terre, les rochers, et tout ce qui l'entourait, et même la tristesse.

Son père, contrairement à son habitude, semblait fier de l'avoir à ses côtés et d'attendre avec lui l'arrivée de son fils cadet – quant à son fils aîné, il l'avait déjà enterré un an plus tôt. Ali se rappelle avoir subi les propos hachés de son père, qui manifestait une émotion et une gaieté inhabituelles, proclamant que son plus jeune, la fierté de sa famille, ne serait pas obligé de partir se battre sur le front, et qu'il allait devenir médecin. Il parlait comme s'il faisait l'éloge de son fils devant un étranger à la famille, mais Ali ne lui prêtait guère attention.

Jusqu'à maintenant, il n'avait pas songé une seule fois à son père. Ce n'est qu'au moment où, assis dos contre l'arbre, il a vu ses membres danser autour de lui, enveloppés dans ses vêtements, qu'il a repensé à lui.

C'était il y a un an peut-être. Il patientait avec son père sur la place du village où se massait une foule bruyante, des cris jaillissaient ici et là. Il vit leur voisin âgé qui s'adressait à un téléphone portable en bougonnant des paroles indistinctes. Il s'approcha, sentant qu'il se passait quelque chose : alors que le voisin se confiait à la caméra du téléphone, un homme en colère le tira brutalement par la manche en lui criant de stopper ses divagations car le pays était en guerre.

Instinctivement, son père saisit la main de son fils pour l'empêcher d'avancer davantage, avant de se rappeler qu'Ali n'était plus un petit garçon, l'aurait-il voulu qu'il n'aurait pas pu le frapper, d'autant que les gens sur la place se surveillaient les uns les autres. Il était fier de ses enfants à présent, et n'aurait laissé personne ignorer que son deuxième garçon était devenu un homme à part entière, il l'avait ainsi envoyé se mêler à l'assistance avant de le rejoindre.

Tous deux réussirent à entendre une partie des conversations en cours. Initialement ils avaient pensé que les gens étaient rassemblés pour l'enterrement d'un martyr. Le ciel était criblé de nuages, et même si le climat plutôt agréable de la montagne avait quelque peu amélioré l'humeur des villageois, Ali trouvait l'atmosphère oppressante. La place grouillait de militaires, certains en armes, et il y avait foule d'enfants, de femmes et de vieillards. Un homme lisait à l'assemblée un décret officiel concernant les propriétaires terriens du village.

Les membres de la famille d'Ali ne possédaient pas un seul empan de terre, et de ce fait ils n'étaient pas affectés par la perte de revenus que les agriculteurs avaient subie sur leur culture du tabac. Au contraire, ils en avaient plutôt bénéficié, car ils pouvaient satisfaire le besoin d'une main-d'œuvre plus flexible de la part des propriétaires exploitant des terrasses de tabac. Les villageois ne se sentaient pas vraiment concernés par ce décret qui venait de leur être lu et dont ils entendaient parler pour la première fois ; du reste, ils se trouvaient là un peu par hasard. Mais Ali observait avec inquiétude leur voisin âgé, qui apparemment était en train de se faire rudoyer, voire brutaliser.

Il n'attendait que le moment où il pourrait retourner à sa cabane suspendue, laissant derrière lui tout ce vacarme, mais ce programme avait été perturbé lorsque leur voisin âgé s'était subitement mis à sangloter et à réclamer qu'on répare l'injustice qu'il subissait, tandis qu'un autre filmait la scène avec son téléphone portable.

Il parlait comme un enfant apeuré, expliquant qu'il avait déjà perdu trois de ses enfants, tous donnés en sacrifice au pays, à la patrie et au président.

D'après ce qu'Ali savait, le vieil homme ne possédait qu'un lopin de terre rocailleux, qu'il avait aménagé en terrasses pour y planter du tabac. En l'absence de ses fils et avec la récession de la culture du tabac, il avait été contraint de renoncer à cultiver son champ.

Ali esquissa une grimace, il ne voulait pas se remémorer le jour où ils avaient enterré son frère. Un autre villageois hurlait que la décision de l'État de s'emparer des terres des agriculteurs, sous prétexte qu'elles étaient laissées à l'abandon, était une mesure violente et inique. Un autre encore déclarait haut et fort qu'on n'avait plus affaire à un État, mais à une bande mafieuse !

Ali essaya bien de fausser compagnie à cette foule, d'autant qu'il avait un peu honte de la manière dont il était habillé, mais son père le retint par la manche, lui rappelant qu'ils devaient attendre son frère.

Cette année-là, l'hiver avait été rude, et la guerre faisait rage depuis trois ans, avec pour seul répit les voyages qu'Ali effectuait en compagnie de son père, lors des rares occasions où ils trouvaient du travail comme journaliers dans les plaines. Il détestait ces rôles de « grand frère » ou d'« homme de la famille » qu'on l'obligeait à endosser. S'il n'avait pas vu le vieux voisin se faire crier dessus, il se serait déjà enfui en courant sans se soucier de quiconque.

Le centre du village était bondé, et des étrangers avaient soudainement fait leur apparition, bientôt suivis de nombreuses voitures. En temps normal, ils auraient eu affaire à la Rouquine qui les aurait morigénés et priés de déguerpir, sachant qu'on était tout près du sanctuaire – une intervention qu'ils auraient sans doute accueillie par des moqueries –, mais elle n'était visible nulle part.

Ali gardait le silence, écoutant l'altercation des villageois avec l'un des étrangers en question, un haut fonctionnaire dont il apprendrait par la suite que tous les véhicules qui venaient de s'aligner sur la place lui appartenaient. L'homme expliquait aux cultivateurs qu'ils avaient échoué à bonifier les terres, et qu'en conséquence l'État allait les récupérer.

« Par Dieu, grogna un homme, on a donné à l'État nos enfants et notre vie, et il nous remercie en volant nos terres ! » « Bande d'escrocs ! » hurla un autre à l'intention du fonctionnaire, dont Ali ne put distinguer le visage car il était petit et entouré d'un groupe d'hommes, en plus de quelques femmes qui s'étaient mêlées à la foule.

Ali savait que, pour la plupart, ces gens ne possédaient que peu de terres, et qu'ils n'avaient jamais travaillé pour leur compte. Certains d'entre eux les accompagnaient, lui et son père, quand ils partaient travailler comme journaliers. Il n'avait pas envie d'entendre ces sempiternelles histoires, il se rapprocha néanmoins de leur voisin âgé pour le soutenir. Son père le rejoignit, gonflant fièrement le torse en attendant l'autocar qui n'arrivait toujours pas.

« Que Dieu fasse échouer vos entreprises, pesta une femme, vous nous avez pris nos enfants et nos terres ! » Son mari la saisit par les épaules pour l'emmener loin de l'attroupement. Dans le même temps, le vieil homme continuait d'enregistrer ses revendications sur le téléphone : « Je vous jure de vous faire le scandale que vous méritez, bande de voleurs… Vous n'êtes que des escrocs ! »

Là-dessus l'autocar arriva enfin, et il leur fallut se précipiter pour aller accueillir le frère. Ils laissèrent donc la foule derrière eux, et Ali ne se retourna même pas pour savoir ce qu'il était advenu à leur voisin en larmes.

Son frère les regarda accourir. Tous deux avaient l'impression de flotter avec légèreté. Le père par fierté envers son fils, et Ali à la perspective de revenir à sa cabane suspendue, tout en continuant son travail sur les terrasses avec Nahla. Une fois là-bas, il pourrait enfin ôter ces vêtements qui l'étouffaient. Il était soulagé de quitter l'esplanade et son vacarme.

Tout ce qu'il voyait ici semblait le précipiter dans un gouffre au fond duquel il était voué à s'écraser. Le spectacle de ces hommes en train de crier, de pleurer, de s'entre-tuer et de se moquer les uns des autres, la diatribe du responsable public, toutes ces informations révélées qu'il aurait préféré ne pas connaître. « C'est l'affaire des paysans, lui soufflait son instinct, après tout qu'ai-je à voir avec ça ? »

Il n'attendait que de retrouver son vieil imam afin d'obtenir sa bénédiction et d'acquérir auprès de lui le savoir lié à sa religion. Et puis il pensait souvent à son saint de prédilection, celui du panneau de portraits, et à la vie qu'il avait menée, comment il avait vécu en solitaire au milieu de ses livres, dans sa cellule monacale entourée d'arbres.

Ali entretenait ses rêves en s'aidant de sa capacité à vivre à l'intérieur de sa tête, pour fuir ce contexte qu'il comprenait mal et dont certains aspects le mettaient en colère. C'est pourquoi il avait été à deux doigts d'asséner un coup de poing au responsable gouvernemental venu ici avec ses voitures de luxe et ses hommes en nombre pour confisquer le malheureux petit lopin de terre qui était le seul bien de leur voisin. Là-dessus, il aurait pris le vieil homme par la main et l'aurait supplié de retourner chez lui, loin de cette maudite esplanade… Mais en définitive il n'en avait rien fait. Il s'était contenté de s'absenter en lui-même, incapable du moindre mouvement, étouffé par ses vêtements qui lui donnaient l'air d'un petit homme. C'était un costume bleu marine, au pli repassé comme une lame de rasoir, avec au-dessous un étroit gilet de laine qu'avaient cousu les doigts de fée de Nahla.

Il se remémore la tenue qu'il portait ce jour-là avec une grande netteté tandis que ses membres poursuivent leur sarabande autour de lui. Il se demande pourquoi ces maudits vêtements ont surgi à cet instant précis, mais ne parvient pas à déterminer s'ils préfigurent sa mort prochaine ou au contraire s'ils sont le signe qu'il se rapproche de la vie. Et s'il doit absolument mourir maintenant, pourquoi faut-il qu'il assiste à cette mobilisation bruyante des villageois, frustrés d'avoir perdu leurs fils et leurs terres ? Pourquoi faut-il que le visage enjoué de son père lui apparaisse maintenant ?

Toutes ces réflexions l'accablent. Il voit plutôt comme un mauvais présage le fait que le visage de Nahla ait disparu et qu'en ses lieu et place il ait revu celui de son père, qu'il n'a jamais aimé contempler. Il essaie d'y échapper en se portant vers l'arbre, tend les bras pour enlacer le tronc et se remet à espérer : si seulement il pouvait faire basculer son corps pour étreindre l'arbre et y grimper ! Mais la manœuvre risque d'être trop difficile, car il continue de voir ses membres dispersés graviter autour de lui, s'éloignant, tout en devenant plus distincts à la lueur de la lune. Ensuite, c'est le haut de son corps qu'il voit voler devant lui, puis se fractionner en de multiples fragments qui se mettent à leur tour à orbiter autour de l'arbre.

La mort ressemble-t-elle vraiment à ça ? Nous réduit-elle à l'état de membres éparpillés errant sans but et se vidant peu à peu de leur matière pour se mêler à la terre et aux arbres ? Mais les siens, qu'il connaît par cœur, n'ont pas du tout l'air de se vider de leur matière. Les mains qui gravitent autour de lui s'approchent. Il ferme les yeux, le souffle coupé par l'affolement, les sent le saisir par le col et le soulever. À vrai dire, il n'est pas très sûr qu'il s'agisse vraiment de ses mains.

Il rouvre les yeux et balaie du regard les alentours, craignant de voir sa tête orbiter elle aussi, c'est alors qu'il aperçoit le reflet de la lune sur ses doigts. D'une manière ou d'une autre, il réussit à se soulever, mais à peine debout – sur un seul pied – il s'effondre de nouveau, sa tête venant heurter le tronc de l'arbre. Ses membres épars ont disparu, il n'y en a plus trace à proximité, il se rend compte qu'il les avait seulement imaginés.

En imprimant une torsion au haut de son corps, il parvient à tendre la main vers son talon manquant, là il détecte comme un petit renflement dû à une piqûre, ou bien une morsure, ou bien… De minuscules créatures ont peut-être déjà commencé à dévorer sa chair craquelée. Il n'aura pas fallu beaucoup de temps avant que la vermine s'attaque à son corps blessé. Il va se faire dévorer vivant, à moins que ses phobies lui jouent des tours !

Il fait pivoter son torse et approche la tête de l'arbre. C'est alors qu'il entend le bruit, celui d'un corps qui effectue le même mouvement de l'autre côté de l'arbre. Oui, c'est l'inconnu ! Il plaque son visage contre le tronc, et presse dessus de tout son poids. Puis, il lève les yeux et remarque que la cime de l'arbre atteint désormais des hauteurs vertigineuses. Il se laisse retomber au sol, non sans remarquer que la lune s'est rapprochée du sommet de la montagne, d'où lui parviennent les premières senteurs de l'aube ; son intuition lui souffle qu'elles sont pourtant encore lointaines.

14

Mais qu'est-ce donc ? Une branche d'arbre ?

Non, c'est une main tranchée, qui scintille à la lueur de la lune. À environ deux coudées… Au moins elle est à bonne distance de lui.

Il a un sursaut de recul, une seule impulsion lui suffit pour se tourner de l'autre côté. Il croit s'être réveillé au contact de cette main sur son épaule, il l'examine et s'aperçoit qu'il s'agit de sa propre main. Elle est posée sur ses épaules alors qu'il voit distinctement ses deux mains. Pourtant, il ne s'agit ni d'un rêve ni d'une hallucination. Est-ce qu'une troisième main lui aurait poussé ? Il fait glisser son corps le long du sol, les branches de l'arbre se retrouvent au-dessus de lui, au-delà il devine la présence de la lune, sans que celle-ci parvienne à percer la densité du branchage. Alors, est-ce oui ou non sa main à lui ?

Il attrape sa main gauche, puis la droite, les palpe, tire sur ses cheveux pour éprouver ses sensations, se touche le visage et le nez. Puis il introduit ses doigts dans sa bouche, les mordille doucement entre ses dents ; visiblement, ils sont au complet, avec leurs os bien palpables.

Il détecte aussi une petite plaie ouverte au niveau de sa lèvre supérieure, et se moque de lui-même : « Quelle petite nature ! » C'est juste une égratignure bénigne qu'il a dû se faire en se déplaçant entre les falaises, et qui ne lui laissera pas de cicatrice. Il essaie de se contorsionner pour atteindre la zone située au-delà de ses genoux, mais la douleur et l'odeur de sang l'en empêchent. Finalement il se saisit du talon tranché et l'enfouit dans la terre, avant de le couvrir d'une brassée de feuilles.

Il va enfin grimper à l'arbre, l'instant qu'il attendait depuis si longtemps !

Pour cela, il doit préalablement s'assurer de la solidité de la branche située au-dessus de lui. Prenant fermement appui sur ses coudes, il pivote pour se retrouver à plat ventre, puis se met à ramper, jusqu'au moment où il ressent une piqûre soudaine au milieu de la poitrine. Il s'en étonne – comment un insecte a-t-il pu le piquer à cet endroit alors qu'il est protégé par ses épais vêtements ? –, avant de se souvenir qu'un peu plus tôt il a déboutonné sa veste militaire et ouvert sa chemise pour inspecter son torse, à la recherche de traces de blessures.

Les senteurs de l'aube ne lui parviennent plus. Une fois qu'il aura atteint la branche, il devra penser à reboutonner sa veste afin que les insectes ne puissent plus s'y introduire. Il n'a jamais eu peur d'eux, c'est juste qu'il redoute de les voir investir l'intérieur de ses plaies. Les maudites piqûres se sont multipliées, comme s'il était tombé sur un nid de guêpes. Il rampe encore, et ses doigts tendus agrippent la main tranchée qu'il avait prise initialement pour une branche.

Il l'avait oubliée, celle-là – une vraie main, et non une branche d'arbre ou une hallucination de son esprit – qu'il a subitement retrouvée dans la sienne ! Il la presse comme si c'était une branche, comme s'il serrait la poigne de quelqu'un. C'est la deuxième fois qu'il tombe sur elle. Il s'imagine des montagnes auxquelles auraient poussé des doigts s'étendant jusqu'à atteindre le ciel. Il s'immobilise, le corps enfoncé dans le sol. Il se voit comme une statue de pierre tenant la main tranchée ; un instant, il est pris de l'envie de souffler sur la statue pour la transformer en poussière, mais il n'en a pas la force. Les piqûres d'insectes ont recommencé à le tourmenter dans toutes les parties de son corps, il pousse un hoquet, et aussitôt surgit le souvenir du jour où il a entendu pour la première fois le claquement de son larynx – c'est la même impression qu'il vient de ressentir fugacement, avant de retrouver son souffle.

Ce jour-là, son père et lui rentraient de leur journée de travail dans les champs d'agrumes lorsqu'ils furent arrêtés à un barrage. Après avoir fait descendre les hommes du véhicule, les gardes les alignèrent afin de les fouiller. Ils s'exécutèrent sans discuter et leur présentèrent leurs pièces d'identité. Il était fatigué, et ses mains abrasées par le maniement de la pelle lui faisaient mal, de sorte qu'il n'attendait qu'une chose : le moment où il serait enfin de retour à sa cabane après cette journée épuisante.

Le matin, Nahla s'était opposée à ce qu'il accompagne son père, demandant qu'il reste ; peut-être se doutait-elle de quelque chose ? Il se dit qu'elle avait probablement deviné tout ce qui se produirait par la suite. Peut-être est-ce pour cela qu'elle gesticulait autour d'eux, déplaçant bruyamment leurs affaires, y compris les vêtements de son mari. Elle ne leur avait pas préparé de petit déjeuner, contrairement à son habitude, et gardait les yeux braqués vers le ciel, tout en marmonnant d'une voix plus forte qu'à l'accoutumée : son fils, se lamentait-elle, devait absolument se rendre au sanctuaire, où l'imam l'attendait. Elle avait ainsi tourné autour d'eux tandis qu'ils s'apprêtaient à quitter la maison. Prenant le ciel à témoin, elle avait fini par déclarer qu'elle avait vraiment besoin qu'Ali reste pour l'aider à transporter les pierres. Elle voulait créer une nouvelle terrasse pour y planter des tomates. Pour cela, il fallait creuser le sol, tailler les branches qui seraient calées entre les pierres, puis placer les films plastique par-dessus. Elle avait bougonné et bougonné encore très longuement. À partir d'un certain stade ses propos confus étaient devenus un babil incompréhensible, elle ne cessait de désigner le ciel tout en leur tournant le dos.

Le père, pour sa part, avait insisté pour emmener Ali : cette fois-ci, c'était pour la journée entière qu'on les faisait venir, et puis Dieu était assez fort pour protéger leur fils tout seul. Qui plus est, ils allaient pouvoir toucher double salaire en enchaînant deux rotations de travail – des opportunités pareilles, il n'y en avait pas eu depuis au moins un mois.

Ali ne se rappelle pas exactement les propos paternels, il a souvenir d'avoir lui aussi été attiré par le gain d'argent, surtout maintenant que son frère cadet avait entamé sa première année à l'université. Il s'était effectivement dit que Nahla manifestait une inquiétude exagérée.

Il se souvient de la peur éprouvée quand il était dans la file du checkpoint, le moment où il se figea, comprenant qu'ils allaient l'emmener. On aurait dit qu'il était pétrifié, enfermé dans une immobilité rappelant son état actuel.

Ce n'était pas le premier barrage à arrêter le minibus, ils en avaient déjà traversé un, quelques minutes plus tôt à peine. Les milices apparues avec le déclenchement de la guerre s'arrogeaient le droit d'arrêter les gens, les voitures et tout ce qui évoluait à la surface de la Terre. Ni Ali ni son père ne savaient, pas plus du reste que la plupart des habitants de la région, à qui étaient inféodées ces milices. Elles avaient donc arrêté leur bus, qui transportait un certain nombre de montagnards partant travailler comme journaliers dans la vallée. Mais que ce soient eux ou les habitants des plaines, tous s'étaient habitués à la présence de ces milices qui se disaient là pour protéger la population des ennemis et des terroristes. Leurs hommes passaient leur temps à tirer des salves de coups de feu pendant toute la durée de leur patrouille.

Non seulement ils étaient armés jusqu'aux dents, mais ils avaient le pouvoir de faire disparaître les gens de la surface du globe ! Ainsi n'était-il pas rare qu'une voiture de luxe se volatilise, et avec elle son propriétaire, dont on retrouvait le cadavre quelque temps plus tard sur le bas-côté de la route. Les gens comprenaient alors que son véhicule avait été dérobé. Lorsque ces milices tombaient sur une proie de grand standing, ils la kidnappaient et volaient sa voiture avant d'exiger de sa famille une rançon.

Ali avait du mal à faire la différence entre les barrages des milices et ceux des services secrets, de l'armée ou de la police, ou même ceux des mafias qui volaient et tuaient en arrêtant leurs victimes à des barrages similaires. Le monde lui apparaissait piégé, hérissé de checkpoints qui voyaient le jour pour disparaître peu après, puis réapparaissaient ailleurs avant de s'effacer de nouveau. Le point commun entre toutes ces bandes est qu'elles étaient armées.

Ali les voyait chaque fois qu'il partait travailler aux champs avec son père, mais il n'avait jamais imaginé qu'un jour viendrait où il se retrouverait pétrifié à l'un de leurs barrages. Habituellement, il ne les redoutait guère : hormis le fait qu'on exigerait leurs papiers et que le minibus serait fouillé, il était convaincu qu'ils ne couraient pas de gros risques. Lors des trajets précédents, il avait toujours présenté sa carte d'identité sans sourciller, ne pensant qu'à la rémunération qui reviendrait à leur famille en échange de cette longue journée de travail. En observant les miliciens, il avait repéré que c'étaient des gens comme lui, peut-être même originaires des villages voisins.

Ce qui lui a rappelé cet incident, c'est qu'il s'était senti, comme maintenant, sur le point d'étouffer en écoutant son père leur expliquer que son fils aîné était mort en martyr, et quant à celui-ci qui l'accompagnait, il allait bientôt se présenter au service militaire obligatoire. Mais oui, bien sûr qu'il allait s'y soumettre, toutefois pour l'heure il fallait absolument qu'ils retournent à la maison !

Les miliciens restèrent un moment interdits, jusqu'à ce que l'un d'eux finisse par briser le silence.

« Arrête un peu, mon gars, tous nos enfants sont sur les lignes de front, laisse donc sa protection au Tout-Puissant ! » Le père gardait les yeux rivés sur Ali, qui lui-même dévisageait les hommes en se convainquant qu'il traversait une sorte de rêve dans lequel il allait leur fausser compagnie en courant du plus vite qu'il pouvait, puis escalader la montagne et se cacher dans les bois.

Il ne se laisserait pas réduire en lambeaux humains comme son frère !

Il ne les laisserait pas l'emmener pour qu'il meure en lieu et place d'Al-Zein.

Il était sur le point de s'élancer. Il songeait à leurs armes tout en se persuadant qu'il n'en avait pas peur. Il se rappelait même s'être dit qu'il n'était sûrement pas un lâche pour se laisser ainsi conduire comme un veau à l'abattoir. Mais l'incident qui se produisit alors le stoppa net.

Ali vit avec stupéfaction son père attraper l'un des miliciens par le col pour l'implorer de le prendre lui plutôt que son fils. Il ne l'avait jamais vu comme ça, sa voix était rauque et il débitait son propos de manière hachée, on aurait dit qu'il avait rajeuni. Les miliciens le dévisagèrent avec incrédulité, l'un d'eux semblait tout particulièrement énervé et l'observait avec dégoût. Un autre, qui se trouvait un peu plus loin, s'approcha du barrage et, l'attrapant par les épaules, le bouscula violemment. Une fois au sol, son père se mit à ramper aux pieds de son agresseur, continuant de le supplier.

Ali savait que les hommes des barrages n'effectuaient pas de descentes dans les foyers pour emmener les hommes à la guerre, ils n'avaient pas besoin d'en passer par là puisqu'il leur suffisait de les capturer sur les routes. Qui plus est, les vidéos diffusées par la télévision officielle, à propos de l'ennemi de l'intérieur qui tuait et égorgeait sans vergogne, suffisaient à leur rapporter des brassées de volontaires, des villageois qui se ralliaient avec entrain afin de sauver leur peau.

Mais le jour où son père et lui butèrent sur ce barrage, Ali avait la tête tout à fait ailleurs. Il songeait que bientôt il se consacrerait entièrement au service de la Demeure, et finirait d'acquérir le savoir religieux qui lui manquait, ainsi il n'aurait plus à penser à cette maudite guerre. Son imam était convaincu qu'Ali était prêt désormais à assurer cette mission : il avait remarqué qu'il prenait un air rêveur au retour de ses journées passées au mausolée à contempler l'image de son saint favori. Malgré l'étrangeté évidente du garçon, il le voyait comme un jeune homme plein de sagesse et de miséricorde. Cela faisait longtemps qu'il se promettait de lui enseigner les secrets de la foi, il attendait seulement qu'il soit un peu plus mûr, et visiblement ce moment était venu.

De son côté, Ali avait tourné et retourné l'idée dans sa tête et projetait d'occuper le logement de la Rouquine, à laquelle il rendrait ainsi hommage en transformant la bicoque en une vraie maison. Il avait donc élaboré des plans pour la rénover et la nettoyer dans les jours à venir en vue de s'y installer. Il avait aussi commencé à lire les livres que lui avait procurés son imam, dans lesquels il se plongeait sans plus prêter attention au bruit des avions, aux lamentations des femmes, aux disputes entre villageois – d'ailleurs, il n'avait pas vraiment de sympathie pour leur voisin âgé, il ne l'avait soutenu que pour le protéger des bousculades et des cris.

Ali avait paru apaisé dans les semaines ayant précédé l'incident, notamment depuis qu'il avait réussi à arracher un sourire à sa mère. En parcourant la mini-serre couverte de plastique, elle avait eu la surprise d'y découvrir une fleur d'aubergine qu'il avait plantée là sans rien lui dire. À la vue du sourire de Nahla, il s'était senti en paix avec lui-même.

Sa satisfaction avait culminé lorsque son frère était entré à l'université et lorsqu'il avait constaté que sa blondinette de sœur aimait elle aussi s'asseoir au pied de l'arbre, où elle pouvait passer des heures en compagnie de son livre. Il s'était découvert un nouveau plaisir, celui de l'écouter lire. Tout avait commencé lorsque la gamine, après avoir grandi d'un coup, avait eu l'idée de lire de temps en temps à haute voix ; il avait surpris ce moment et l'avait tellement apprécié qu'il l'avait engagée à le faire plus souvent. C'est ainsi qu'elle se lançait dans des longues séances de lecture qui se poursuivaient sans interruption jusqu'au soir. Il l'écoutait, laissant son esprit vagabonder dans son ciel intérieur tout en savourant chaque mot.

Il pensait que son monde était arrivé à un terme cet été-là, l'été où ils furent arrêtés au checkpoint et où son père baisa la main d'un des miliciens présents. Deux des hommes se saisirent d'Ali pendant qu'un autre hurlait à son père qu'il commettait une trahison en refusant de faire don de ses enfants à la patrie. Le père répliqua qu'il en avait déjà offert un – un fils beau comme la lune –, d'ailleurs lui et sa famille au complet étaient tout prêts à se sacrifier au président et à la patrie, mais là tout de suite, il fallait qu'on laisse son fils repartir.

L'un des miliciens remarqua alors qu'Ali ne parlait pas, qu'il se pavanait au milieu d'eux avec l'assurance d'un sage indifférent aux affaires terrestres. L'homme empoigna son père pour le relever de sa position agenouillée et le prit à partie : « Dis-moi, ton fils m'a tout l'air d'être un illuminé ! » À quoi le père rétorqua du tac au tac : « Mais oui, c'est un illuminé, il ne vous sera d'aucune utilité… Mon fils que tu vois là est complètement abruti, je te le jure mon ami, vous voudriez l'emmener où ? » Là-dessus, il baisa de nouveau la main de l'homme avant de fondre en larmes. Les miliciens éclatèrent de rire, et le père retomba dans sa prostration.

Ali s'avança alors de quelques pas, sans dire un mot, entraînant dans son mouvement les deux hommes qui le tenaient. Celui qui maîtrisait son père s'était quelque peu attendri, expliquant qu'ils ne faisaient qu'exécuter les ordres, mais le père n'avait pas cessé pour autant de supplier et d'implorer. C'est alors qu'Ali, tout en continuant d'avancer, déclara d'une voix ferme : « Je pars avec eux. Toi, retourne au village tout de suite. » Aux miliciens, il fit l'effet d'un homme parfaitement mûr et raisonnable. Les villageois alignés près du barrage, ainsi que les femmes et les enfants qui observaient la scène depuis le minibus, avaient les yeux braqués sur lui, pleins d'admiration pour ce jeune homme qui savait ce qu'était le devoir national. Ali garda la tête droite, envahi par un sentiment de tristesse, puis il leva les yeux vers le ciel gris, sans ajouter un mot.

Il n'eut pas un regard pour son père resté à terre sur le bord de la route après le départ du minibus – il ne lui demandait qu'une chose : se remettre debout et retourner au village. Quant à lui, il était sûr de son fait. Peu lui importait qu'il soit en route vers un lieu dont les hommes revenaient dans des cercueils. Peu lui importait de savoir où il se trouvait, du reste il avait perdu tout sens de l'orientation tandis qu'il marchait devant eux – il leur demanda d'un ton poli de le laisser avancer librement, il monterait dans leur véhicule de son plein gré. Ils le dévisagèrent d'un air ironique, le trouvant un peu trop calme, comme un acteur interprétant le rôle d'un héros. Alors qu'il passait devant eux, après avoir tourné le dos à son père, un milicien l'interpella : « Eh, tu vas où ? la voiture est de l'autre côté. »

Ali fit demi-tour et découvrit le véhicule qui allait le dérober à la vue de son père. Entre-temps, celui-ci avait commencé à se relever, et tous deux, désormais face à face, se dévisagèrent. Le père luttait pour se remettre debout, et le regardait en soufflant bruyamment. Ses pieds s'étaient écartés vers l'extérieur, et ses bras étaient tendus vers l'arrière en arc de cercle, comme s'il s'apprêtait à effectuer un plongeon.

À chaque mètre parcouru, Ali s'éloignait un peu plus de son père, néanmoins il gardait les yeux rivés sur son visage, et malgré la distance, au moment où sa tête se baissait pour pénétrer dans l'habitacle du véhicule, il parvint à capter un regard qu'il découvrait pour la première fois dans les yeux paternels, un regard qui, pensa-t-il, était indubitablement celui de l'amour.

15

Sa main est toujours ankylosée. Il a pensé qu'il toussait, mais en réalité il crache du sang. Il entend le bruit de l'écho et se redresse soudainement en faisant pivoter son corps, et la main amputée qu'il tient encore glisse hors de ses doigts. Il entend les feuilles se briser, et perçoit simultanément une agitation de l'autre côté de l'arbre. C'est son alter ego qui se déplace et manœuvre autour du tronc, du moins le suppose-t-il. Il se retourne sur le ventre, visage désormais dirigé vers l'arbre.

La lune est juste au-dessus de sa tête, et il peut la contempler sans faire le moindre mouvement : une lune spongieuse, veinée de stries qui modifient leur apparence à chaque instant. Il est familier des variations de teintes qu'elle peut emprunter ; aujourd'hui, elle se présente avec des nuances de bleu et de gris. Le ciel est dégagé, et les étoiles sont bien là, pareilles à elles-mêmes – tout à l'heure, il avait eu l'impression de les voir filer en direction de l'astre.

La lune arbore ses moirures changeantes sous ses yeux. Elle s'approche de lui et le soumet à son emprise, puis s'éloigne à nouveau pour redevenir une étoile, avant de recommencer le cycle de rapprochement et d'éloignement, à l'instar d'un ballon qui bondit. Il l'imaginait plus grande. Sa rotondité est moins régulière, et ses bords semblent s'effilocher, puis elle rapetisse soudain au point qu'il ne la distingue plus qu'à peine. Même sa brillance est devenue moins éclatante, elle s'efface graduellement. Il comprend qu'en réalité ce sont ses paupières qui sont en train de s'alourdir et de se fermer, et non la lune qui serait en train de changer d'apparence. Entre-temps l'obscurité s'est généralisée, et il n'a pas la force de rouvrir les yeux.

Le voici ballotté par le doute, se posant de nouveau des questions sur son existence, comme si à force de tourner en rond encore et encore, il atteignait sa destination et revenait au début du cycle : l'instant où il s'est réveillé, ignorant jusqu'à son nom. Le point de départ et le point d'arrivée se confondent dans sa tête. Le voilà qui oscille le long d'un abîme, avant d'être propulsé en hauteur en direction du sommet, remonté par un crochet invisible arrimé à son cœur. Il se réveille une nouvelle fois sur des hallucinations.

Où puise-t-il tant de force, alors qu'il est de nouveau sujet à ces hallucinations ? Ou plutôt à ces images qui défilent tels des flashes, notamment celle de son père au moment où il s'est relevé, pieds en dedans, yeux rivés sur la patrouille qui avait arrêté son fils. Ses yeux étaient mouillés de cette eau qui suinte au coin des paupières, quel que soit le nom que les humains lui donnent ; tantôt elle ondoie en surface, tantôt elle reste prisonnière à l'intérieur avant de refluer vers le cœur et de le tuer, à moins qu'elle ne dérive vers le cerveau, qu'elle secoue au risque de le désintégrer.

Ce jour-là, elle est demeurée en lui, captive, et ce regard dans les yeux de son père, auquel il n'avait jamais eu droit de toute sa vie, il l'a reconnu et en a eu peur, à tel point que son ventre a été secoué d'un spasme.

La force l'investit de nouveau ; il essaie d'entrouvrir les paupières. À partir de son expérience, accumulée au cours de cette journée si longue qu'on dirait une vie entière, il comprend qu'il s'apprête à retomber dans une profonde inconscience. Il a perdu toute clairvoyance sinon sa conscience d'exister – une existence qui lui a été rendue en même temps que les éclairs qu'il a lus dans le regard de son père. Mais en cet instant sur le point de s'effilocher, cette conscience reste tributaire de ses sensations, or il a perdu la capacité de sentir ses doigts ou de remuer ses membres.

En tout cas, il a enfin pu voir la lune. Après tout, il devrait peut-être s'en contenter. Il est de nouveau hanté par l'image de cette fosse dans laquelle il serait en train de chuter, et l'idée le chatouille que ce pourrait bien être sa tombe, qu'il est effectivement mort et que tout ce qu'il a vu peu avant n'était qu'illusion. Il ne fait plus la différence entre rêveries et délires, entre souvenirs du passé et réalité du présent. La vision de son père qui lui est remontée en flash l'a perturbé. Puis il comprend qu'il suffirait d'un déclic pour qu'il parvienne à appréhender ce qui l'entoure, et même si cela devait s'accompagner d'hallucinations, il les accepterait aussi.

Il se voit saisir la main tranchée et la jeter au loin, puis chuter dans le même abîme où il s'était senti sombrer au commencement de la journée. Avec tout ça, il avait oublié l'épisode de cette fosse, qui s'est finalement révélée être celle de son frère. Même le visage de Nahla s'est effacé, et il recommence à se demander si son existence ne se réduit pas à celle de ses deux yeux.

Il perçoit soudain une senteur familière – la fragrance de l'aube – tandis que la lune laisse des reflets mauves sur le paysage. Il se rend compte que cette senteur, il la connaît : c'est une de ces « filles du vent » comme il se plaît à les appeler. Revigoré, il prend une grande inspiration avant de desceller les paupières. Ses cils se dressent comme des barreaux géants devant ses yeux. Dans un mouvement très lent, ses paupières s'entrouvrent et la lune s'y engouffre. Elle apparaît massive, parfaitement nette, plus nette que de raison même, néanmoins elle diffère de sa lune familière dont il connaît les mouvements et les trajectoires, dont il sait par cœur les apparences et les humeurs, et qu'il considère comme plus proche à son cœur que tous les humains réunis.

C'est une lune fraîche, suspendue dans les hauteurs du chêne, qui éclaire tous les alentours. Elle n'est présente ici que pour lui. De nouveau, il a une absence de plusieurs minutes, après quoi il reprend conscience sur cette idée que la lune est venue spécialement pour lui.

Elle n'est pas aussi proche qu'il l'avait pensé initialement, c'est plutôt l'arbre qui est tout près de lui. Quant à la lune, elle est simplement suspendue aux abords de ses branches les plus hautes qu'il contemple, allongé sur le dos. Il avait d'abord cru s'être étendu sur le ventre pour ramper plus près de l'arbre, mais la vérité qui lui est apparue peu après, c'est qu'il est allongé sur le dos près du tronc.

La lune est bien visible, elle s'approche toujours plus près de lui, comme pour éclairer son chemin.

Lors de ses veillées anciennes, il était capable de prendre la lune pour monture, et de s'adapter aux formes différentes qu'elle pouvait arborer. Ainsi, lorsqu'elle était à l'état de croissant, il savait manœuvrer pour l'enfourcher. Lorsqu'il dormait à la cabane, et que les branches lui cachaient la clarté lunaire, il s'arrangeait pour se placer au-dessous, puis fermant les yeux sans cesser de se balancer, il encourageait l'astre à l'emporter dans sa course à travers le ciel.

Mais à présent la lune est pleine, il ne peut plus se pavaner au-dessus. Quand autrefois, il allait se percher en haut de sa cabane, au sommet de sa montagne, il se prenait à imaginer ce qui adviendrait si par un simple effort de volonté, il parvenait à enfourcher la lune quand elle était à l'état de disque plein – nul doute qu'elle le propulserait alors jusqu'à l'étoile la plus lointaine !

Il faut dire qu'il se représentait sa consistance différemment selon les phases : spongieuse et élastique lorsqu'elle était pleine, mais aquatique et gazeuse quand elle se réduisait à un croissant. Il avait toujours estimé qu'on se trompait gravement en parlant de la « lune grise », et ne partageait pas la conception générale selon laquelle elle était blanche : pour lui elle était bleue, et c'est même le ciel qui lui conférait cette teinte bleuâtre, et non le soleil comme il l'avait appris dans son école.

Il distinguait, parfois avec une grande clarté, les détails même les plus éloignés de son relief, tout en pensant que là-bas se trouvait quelqu'un qui l'observait.

Il avait toujours été d'avis que la lune n'était qu'une illusion d'optique, une simple boule de lumière sans couleur ni forme, sans odeur ni goût. Il ne croyait pas non plus à ce qu'on en disait aux informations, du moins dans les rares moments où il se retrouvait à suivre les programmes avec ses frères, à son corps défendant du reste car il détestait la télévision, de même que tous les appareils, y compris le téléphone portable auquel son frère avait eu droit.

À tous ces gadgets, il préférait de loin sa cabane, qu'il considérait aussi comme un écran mais d'un tout autre genre, beaucoup plus grand et donnant accès à l'univers entier. Debout dans son refuge, il lui suffisait de tendre le doigt vers n'importe quel point, aussi distant soit-il – par exemple la jonction de la mer et du ciel – pour le distinguer dans tous ses détails, sans quitter son poste d'observation. La lune venait jusqu'à lui, puisqu'elle était voisine de leur maison perchée sur la montagne.

Il s'absorbait dans la contemplation de cet étrange carré réfracté par la surface de la mer, luisant comme un miroir, qui lui éclairait le monde de loin. Ce miroir formé aux confins de son champ de vision était l'écran qu'il considérait comme sa télévision à lui. D'ailleurs, il se promettait de se rendre un jour là-bas, d'atteindre ce point le plus éloigné de l'horizon. C'est toutefois une ambition qu'il gardait secrète, préférant n'en parler à personne ; s'il faisait part de certains questionnements, c'était uniquement au sein du petit cercle qu'il formait avec Nahla et la Rouquine. Quant à ses pensées et interrogations intimes, il les conservait à l'intérieur d'une boîte close, dans laquelle il se retrouvait aujourd'hui enfermé : sa tête.

Il parvient finalement à pivoter, et les aperçoit devant lui – les pieds de l'inconnu. Impossible de dire si leur talon est tranché, car si l'un d'eux est visiblement indemne, l'autre est dissimulé par l'arbre, quand bien même la lune les éclaire indiscutablement tous les deux.

Après avoir pris une inspiration profonde, il décide de se retourner sur le ventre et de s'abstenir de regarder du côté opposé. Pour cela, il bascule et se laisse choir au sol ; au cours de la manœuvre, il a eu l'impression de planer brièvement avant de retomber. À l'arrivée, sa bouche est emplie de terre et il a près des yeux des griffures laissées par les échardes des branches. La chute, à laquelle il n'était pas préparé, a été assez violente, il ne pensait pas être capable de mettre autant de vigueur à déplacer son corps. Il s'aplatit au sol et rampe avec ses deux coudes, tout en écoutant le bruit des feuilles écrasées et le vacarme étrange de l'autre côté du tronc, qu'il décide d'ignorer : si une créature quelle qu'elle soit s'approche de lui, il la déchiquettera avec les dents. Il serre la mâchoire pour renforcer sa détermination, après tout il dispose encore de toute sa force, car sinon comment aurait-il pu faire basculer son corps si énergiquement ?

Il se rend compte qu'il ne capte plus la lueur de la lune, celle-ci ne lui apparaît plus. Il sait pourtant, à la lumière bleutée qui l'entoure, qu'elle est toujours là, quelque part au-dessus du chêne. Quand il a entrepris de se rapprocher de l'arbre, il savait bien qu'une fois arrivé à proximité, il ne pourrait plus profiter de la clarté lunaire, qui serait filtrée par les branches. De ce raisonnement, il déduit qu'il est arrivé tout près de l'arbre, et que ce sont ses branches qui obscurcissent sa vision. Quoi qu'on dise, son amie la lune aura décidément rempli son office. Tout comme elle le remplissait autrefois lorsqu'il décidait de se glisser hors de sa cabane pour aller errer de nuit dans les bois jusqu'aux premières lueurs de l'aube.

Il s'avance encore un peu, et l'inconnu fait de même – son mouvement est audible à nouveau. Malgré l'obscurité, il décèle l'activité des insectes qui lui tournent autour, il distingue leurs silhouettes noires au moment même où il entend leurs cris, pendant que leurs pattes délicates parcourent les feuilles. Il sent de petites piqûres sur son ventre, c'est donc qu'il va bien, il doit en finir avec ces angoisses inutiles sur l'odeur de sang, sur son talon tranché ou sur ses autres plaies dont il ignore tout, même s'il se dit qu'elles doivent être bénignes. Il tremble et transpire à grosses gouttes, il sent qu'il est sur le point d'imploser et qu'il y a en lui comme un liquide en ébullition permanente.

Pourquoi donc personne n'est venu le sauver ? Il repousse cette pensée négative qui risquerait de le freiner dans sa volonté de grimper en haut de l'arbre.

Il se rappelle subitement avoir vu l'avion tournoyer au-dessus d'eux, et qu'il avait les yeux braqués sur lui au moment où il a largué la bombe !

Mais pourquoi donc personne n'est venu le sauver ?

Il chasse son anxiété, se parle tout haut pour se donner du courage, ses lèvres tremblent, il continue de transpirer abondamment. De nouveau il se morigène. Ce qu'il veut à tout prix éviter pour l'heure, c'est de toucher le point douloureux qu'il ressent au niveau de l'oreille, celui qu'il avait attribué à une simple éraflure. Il fait passer doucement son doigt au-dessus, puis s'en détourne : s'il commence maintenant à fixer son attention sur cette douleur intense, il risque de découvrir que son oreille entière s'est envolée sous l'impact de la bombe, tout comme son talon. Mais il refuse même de l'envisager, il doit se comporter comme un homme.

Après tout il a encore ses dents, sur lesquelles il presse de nouveau. Avec une telle denture, il se fait fort de déchiqueter quiconque s'approcherait de lui, de le dévorer tout cru, d'enfoncer ses canines en lui comme les hyènes enfoncent les leurs dans leur proie.

Tout ce qu'il a à faire, c'est passer les bras autour de l'arbre et s'en servir pour s'élever. Il commence à se rapprocher, et sa tête arrive rapidement au contact du tronc, ce qui lui procure un certain soulagement. Ignorant les bruits curieux qui lui parviennent, il lève le bras dans un mouvement énergique puis le passe de l'autre côté de l'arbre, faisant glisser ses doigts sur l'écorce rugueuse, après quoi il tire pour se hisser sur les genoux. Il est à moitié debout à présent, il ne lui reste qu'à réitérer l'opération avec l'autre bras. Il a l'air d'un monstre formé de mottes de terre et de feuilles d'arbres. Il brandit son autre bras bien haut, pliant ses membres, comme s'il puisait en lui-même de quoi faire naître un être différent, en bonne santé, qui aurait recouvré la pleine humanité de son corps.

Il touche le rameau le plus proche, bizarrement les branches sont totalement immobiles, alors que dans les montagnes, l'aube amène généralement avec elle un froid coupant chargé de petites brises qui secouent les branchages. Certes, il se peut que le vent n'ait pas prise sur les branches les plus solides, compte tenu de leur épaisseur, mais qu'en est-il des feuilles ? Tout cela lui paraît bien étrange.

Sa poigne fermement resserrée sur la branche, il aperçoit face à lui le reste de l'arbre, avec ses racines qui sont à l'intérieur de sa tête et dans son cœur. Cette image lui rappelle l'illustration qu'il avait découverte dans un de ses manuels de classe, un plan de coupe montrant la structure des arbres et de leurs racines.

Ces racines, il a le pouvoir de se fondre en elles, de là elles le porteront jusqu'aux branches. Il n'a pas conscience de cette intelligence-là en lui, simplement il agit comme il a toujours agi dans sa vie quotidienne. C'est cela qui l'a amené à percevoir cette force qui l'a investi soudainement, et à repérer le lit de racines qui allait le soulever et le mouvoir dans la nuit.

Il tente d'élever son corps, ses mains agrippent énergiquement l'arbre, de sorte qu'il avance tel un lézard grimpant sur un mur, en dépit de la douleur qui s'est intensifiée. Elle part de son talon pour diffuser ensuite jusqu'à sa tête en faisant le tour de ses oreilles. Il se soude au tronc comme s'il était uni à lui par une sève commune.

De nouveau, il entend les bruits familiers provenant de l'autre côté, mais décide de les ignorer, préférant accélérer sa manœuvre. Il atteint ainsi le point où les branches commencent à se subdiviser. Il prend une grande inspiration et, sans trembler, tend le haut de son corps, puis lève le bras et passe les doigts sur la première fourche. La clarté de la lune ne lui parvient pas, et les branches les plus grosses sont encore hors de portée, plus lointaines qu'il ne l'imaginait.

Il accentue l'effort, poussant son corps vers l'avant tout en tirant sur ses bras enroulés autour du tronc. Bien qu'il procède à sa manière habituelle, il ne parvient pas cette fois-ci à faire monter son corps, aussi tente-t-il d'utiliser ses jambes pour imprimer de l'énergie tout en effectuant un mouvement de torsion. Au cours de cette opération, les doigts de ses mains et les muscles de ses cuisses lâchent subitement prise, et il dégringole au bas du tronc avant de faire plusieurs roulades, entraîné par l'effet d'inertie. Il se retrouve ainsi quasiment à son point de départ, près des sacs de sable éventrés. À la clarté de la lune, il scrute l'arbre, qui lui paraît bien éloigné.

Il ne sait si c'est l'effet de cette clarté ou des hallucinations, mais il aperçoit l'inconnu qui a lui aussi roulé à terre, ce qui ne l'empêche pas de le distinguer nettement. C'est alors que des sons se manifestent à l'intérieur de lui, du tumulte et des hurlements. Il n'entend plus le vrombissement des insectes, ni même celui des branches sèches qui se rompent, pas plus qu'il ne voit la lune, bien qu'elle ait atteint sa plénitude, car ses pupilles se sont dilatées. Il réessaie d'exécuter sa manœuvre acrobatique : il lève les mains vers le ciel, se marmonne quelques encouragements, pousse un cri et bande tout son corps avant de s'élancer en direction de l'arbre, bras ouverts afin d'accrocher la plus grosse branche – la plus proche, celle qu'il visait depuis le début.

Il n'a toujours pas conscience de son corps, auquel manquent des fragments ici et là. Au fond il ne voit rien à l'exception de cette teinte bleuâtre et de cette clarté diffuse traversées de rayons lumineux, qui eux sont bien visibles, s'étant frayés un chemin à travers la densité des feuilles et l'enchevêtrement des branches. On dirait les bras filiformes de créatures féminines au corps gélatineux, qui l'appellent et lui saisissent le bout des doigts. Progressivement, la lumière bleutée perce l'obscurité et éclaire l'air brassé par le déplacement des feuilles et de la terre.

Il distingue clairement sa botte militaire qui s'ouvre sur une plaie très profonde au niveau du talon, trop profonde pour qu'on puisse parler de simple atteinte ; non, les chairs ont été littéralement pulvérisées, laissant s'échapper des filets de sang. Il ne les voit pas, mais sait qu'ils ont coulé ici et là sous les rayons mauves de la lune. S'il avait été plus lucide, il aurait pu voir que les gouttes de sang avaient jailli en même temps que lui pour se transformer en faisceaux de lune.

D'un bond, il se rapproche de la branche, et la scrute d'un air tétanisé. Il y est presque…

Elle est là, déployée face à lui en hauteur.

Il se rue dans sa direction, ignorant délibérément l'inconnu qui accomplit exactement les mêmes gestes ; tout son influx est concentré dans ses bras, allongés et tendus en vue de fondre vers l'objectif.

Il attrape la branche puis s'élance.

Ça y est : il vole.

Cet ouvrage a été composé et mis en page
par Nord Compo à Villeneuve-d'Ascq

Imprimé en France par
CPI Brodard & Taupin
en décembre 2023
N° d'impression : 3055239

#lisez engagé !
www.lisez.com
Pour plus d'information :
Imprimé sur du papier issu de forêts gérées durablement.

Pocket – 92 avenue de France, 75013 PARIS

S33806/01